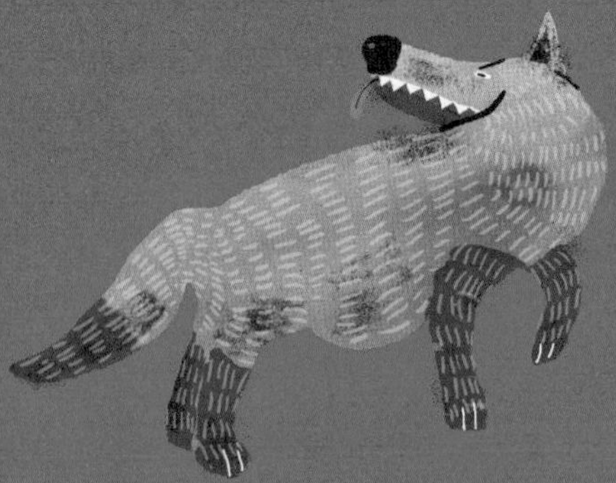

你會怎麼寫，關於合作的故事？

超馬童話大冒險 2

8位作家×童話大冒險×8場次

在一起練習曲

推薦序

八仙過海，各顯神通

林文寶　臺東大學榮譽教授

週末夜晚，我習慣在家觀賞歌唱節目，電視臺重金禮聘兩岸三地當紅歌手，為他們舉辦歌唱比賽。各自在市場上擁有千萬粉絲的明星們，被摘下光環，轉變成選手身分，必須在殘酷的戰場上相互較量。每個人各憑本事與實力，必須擄獲觀眾芳心，才能得到選票生存下來，否則將被無情淘汰，最後誰能存活就是冠軍。這儼然是歌唱版的生存遊戲，原本打算讓歌聲洗滌腦袋、徹底放鬆，卻意外跟著賽況起伏緊張。

如此巧合，字畝文化出版社來信詢問是否能為新書寫序，發現他們竟然是找來八位成名童話作家，依照同樣命題創作童話，完成的八篇作品，將被放在同一本書裡，任由讀者品評，多麼有挑戰性！但也多麼有趣啊！這跟我所看的歌唱節目根本沒有兩樣，但似乎更有看頭！仔細閱讀整個系列企畫，才知道這是一個超級馬拉松的概念，意思是指這一群童話作家，歷時兩年，共同創作八個主題的童話，最後完成八本書，換言之，這場戰爭總共會有八回合，而這本書是第一回合，選題：「第一次」。

果不其然，高手過招，精采絕倫，每位作家根本沒在客氣，毫無保留展現自己的堅強實力，表面客氣平和，但從作品水準可見，每一篇作品都拿出大絕招，無所保留，讀著讀著，連我這個老人家都沸騰起來。

八仙過海，各顯神通。八位作家，八種風景，八種路數，八種風格，真的讓我驚艷與驚喜。這場超級馬拉松，逼迫選手不得不端出最強武器，展現最厲害的招式。閱讀過程中，我或許真的可以理解，為什麼他們是這片武林中的高手？因為從他們的作品中，可以感受到他們稱霸武林的銳氣與才氣，他們獨一無二，他們無法取代，我想這或許也是他們成名的原因吧。

光有好選手是不夠的，字畝文化幫選手們打造了一個非常別緻的舞臺。書的設計相當有趣活潑，正文前面有作者的「冒險真心話」，每一位作家就是一位選手，一棒一個故事，一棒接過一棒，當最後一棒衝過終點線時，這一回合的比賽主題「第一次」也在讀者的面前，淋漓盡致的詮釋與表現。這個企畫也讓我們感受到，後現代多元共生，眾聲喧嘩的最佳示範。

外行看熱鬧，內行看門道，這八篇故事都是傑作，各有巧妙，各自精采，我相信對於想創作童話的大朋友，或者想要如何寫好作文的小朋友，都有絕對助益。

不知劇情的演進會如何？請拭目期待！

出版者的話

一次品嘗八種口味的美妙童話

馮季眉　字畝文化社長兼總編輯

一個初夏午後，八位童話作家和兩名編輯，在臺北青田街一家茶館聚會。散居臺東、南投、臺中等地的作家迢迢而來，當然不是純為喝茶，其實大夥是來參加「誓師大會」的，因為，一場童話作家的超級馬拉松即將起跑。

這場超馬，源於一個我覺得值得嘗試的點子：邀集幾位童話名家，共同進行一場馬拉松長跑式的童話創作，以兩年時間，每人每季一篇，累積質量俱佳的作品，成就精采的合集。每集由童話作家腦力激盪，共同設定主題後，各自自由發揮。

稿約滿滿的作家們，其實一開始都顯得猶豫：要長跑兩年？但是又經不起「好像很好玩」的誘惑，更何況一起長跑的，都是彼此私交甚篤的好友，童心未泯的作家們也就迷迷糊糊同意了。畢竟，這一次，寫童話不是作者自己一人孤獨的進行，而是與當今最厲害的童話腦，一起腦力激盪，玩一場童話大冒險的遊戲，錯過豈不可惜？「誓師」當天，大夥把盞言歡，幾杯茶湯下肚，八場童話馬拉松的主題也在談笑中設計完成。

對作家而言，這是一次難忘的經驗與挑戰；對出版者而言，同樣是場大冒險。因為出版計畫的戰線拉得很長，而且出版方式也是前所未見：這系列童話，有如MOOK（雜誌書，性質介於雜誌Magazine與書籍Book之間），每期一個主題，每季出版一本，共八本。自二〇一九年至二〇二〇年，每季推出一集。

《超馬童話大冒險》系列八個主題，其實正是兒童成長過程中，必會經歷的人生習題，每一道習題，都讓孩子不知不覺中獲得身心發展與成長。小讀者細細品味這些故事的時候，可以伴隨書中角色一起探索、體驗，經歷快樂與煩惱，享受閱讀樂趣，並能體會某些事理，獲得成長。

各集主題以及核心元素如下：

第一集的主題是「開始」，故事的核心元素是「第一次」。

第二集的主題是「合作」，故事的核心元素是「在一起」。

第三集的主題是「對立」，故事的核心元素是「不同國」。

第四集的主題是「分享」，故事的核心元素是「分給你」。

第五集的主題是「從屬」，故事的核心元素是「比大小」。

第六集的主題是「陌生」，故事的核心元素是「你是誰」。

第七集的主題是「吸引」，故事的核心元素是「我愛你」。

第八集的主題是「結束」，故事的核心元素是「說再見」。

兩年八場的童話超馬開跑了！這些童話絕對美味可口、不八股說教。至於最後編織出怎樣的故事，且看童話作家各顯神通！

來吧，翻開這本書，進入超馬現場，一次品嘗八種口味的美妙童話！

聽一聽

英雄聯跑的大冒險真心話

王淑芬

小學起，我便常被老師指定參加作文比賽、演講比賽。命題式的創作，其實比自由選題難多了；比如題目是〈我的媽媽〉，那就絕對不可以寫爸爸——咦，誰說的？說不定別出心裁，不離題，但卻讓人完全意想不到，也很成功。

不過，成為作家後，我就不接這樣的邀稿了，依規定主題來寫，真的綁手綁腳耶。所以，當字畝文化的編輯來電邀約，我當然一口就……

你猜錯了，我其實一口就答應。

因為如果在規定主題之下，我還能跳脫規定，寫出別人意想不到的點子，那才有資格叫作：童話作家。童話最在意的，就是要妙、要創意大爆炸啊！何況這個企畫案，還同時邀了我的多年寫作好友，能藉此看看他們怎麼爆炸，多學幾招，多好！

劉思源

「一加一等於二」是不變的數學公式，但創意的公式卻充滿變化，當八位童話作家一起奔馳想像大道，彼此碰撞，互相激發，勢將引爆無限的創意，而且從各種角度撞擊讀者，迸出燦爛火花。有幸參與這場狠有趣、狠挑戰、狠創意的童話接力賽，既緊張又痛快的和童友們盡情玩耍一場。

王家珍

第一次嘗試跟幾個童話作家同時創作同一個主題的童話，小小的緊張被大大的興奮蓋過，好像把一塊空地分成好幾等份，每個人在分到的空地上盡情揮灑創意，規畫出風格各異的遊樂器材。請看我們同心協力建構童話遊樂園，等待滿懷童心的大小孩子來玩耍，探索童趣！

林世仁

難得跟這麼多童友「英雄聯盟」，我很想跟大家一塊合力，激起一次童話界的八級地震或八次驚艷（希望不是八次哈欠啦）。

可惜我寫出來的作品似乎不夠酷炫，沒達到「動作片」的強度。還好，其他七位童友寫得都很好玩、很好看。那麼，我的童話就請大家放慢腳步，輕鬆欣賞——因為「天天貓」是從我的童年遙遙遠遠回盪過來的。它不像我的其他童話，卻觸動了我的心弦。

賴曉珍

很榮幸參加字畝這次的「童話超馬大冒險」企畫案，也很高興能與多位童友合作。記得討論會那天，我從童友們的思考方式和提議學到很多，瞭解原來別人是這樣構思靈感與創作的，令我大感佩服。這也是我的「第一次」經驗，未來，我會創作一系列「黑貓布利與酪梨小姐」的故事，藉著他們的經歷與互動，告訴大小讀者何謂「情緒」。

亞平

創作童話，對我而言是件很孤獨的工作。自己一個人對著電腦發呆，或是長吁短嘆，或是滿心喜悅，或是奮力捶鍵，無論如何，都是一個人。

童話馬拉松的創作行伍，讓我感到：太棒了，吾道不孤！知道我在寫這篇童話時，也有幾個同伴一起孜孜矻矻，絞盡腦汁——這時，孤獨感會降低，革命情懷不自覺出現，當然，競爭感也來了：這個主題他們會怎麼寫？該不會我的作品最沒創意吧？寫童話真是一件有趣的事啊！

王文華

當我獲邀參與這個計畫時，滿腦子想的都是，怎麼辦，怎麼辦，其他七個作家個個都很會寫故事，這下子……

「你先敷面膜。」我媽媽大概以為我是要去走秀。

「我是要寫故事。」

「那一樣不要比輸，我看，我去幫你買人參，燉隻雞，吃完你再寫？」

「如果來隻人參豬更好。」我腦海裡叮咚一聲，突然有個想法了……如果有隻小豬愛吃人參？或是人參愛上了小豬，用這題目來寫，其他人一定想不到？或是一群來自火星的動物，他們全都失業，需要找個新工作……

顏志豪

某天，飛鴿捎來一封信，「敝社將舉辦一場別開生面的童話擂臺賽，不知有無興趣？」

「擂臺賽？」

繼續往下讀，「我們邀請各路好手，個個武功高強，準備決一死戰，看誰能獨霸武林。」此時，眼前刀光劍影，干戈鏗鏘，內心翻騰澎湃。

戰前會當日，我已經備妥關刀，雄赳赳，氣昂昂，氣勢絕對不能輸人！這將是一場你死我活的戰爭，拼了！

目錄

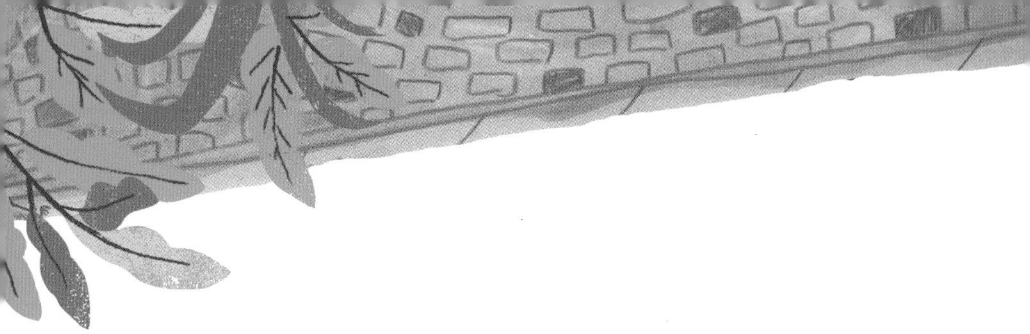

恐怖照片旅館 1+1

顏志豪
圖／許臺育

「媽媽，我是不是還有個弟弟或妹妹？」

「你發什麼神經！你就一個妹妹。」

「可是在照片旅館的時候，我明明看見床上躺著另外一個嬰兒。」

媽媽的臉色丕變，「不要再說這些奇怪的事了，哪有什麼照片旅館？」

一定有什麼隱瞞著我的祕密，如果能再去照片旅館，一定能找出答案……看來我得再去找巫婆。

午夜十二點過後，我瞞著爸媽獨自來到狐狸巫婆的家。

山洞旁未曾熄滅過的燭火，仍然亮著，我打了一個冷顫。

我敲門，沒有回覆，輕輕一推，沒想到門自己打開了。

深呼吸，我走入狐狸巫婆的山洞，一片黑漆漆。

幸虧我有備而來，手電筒燈一亮，沒想到有雙眼睛飄在半空中，這雙眼睛對著我微笑，不過，是詭異的笑。

我的毛髮瞬間豎了起來，像一隻受到驚嚇的刺蝟，不自覺得喵嗚好幾聲。

「找我有事嗎？」半空中的眼睛有點邪惡。

「嗯。」我心跳的聲音，肯定比我的回覆聲還大。

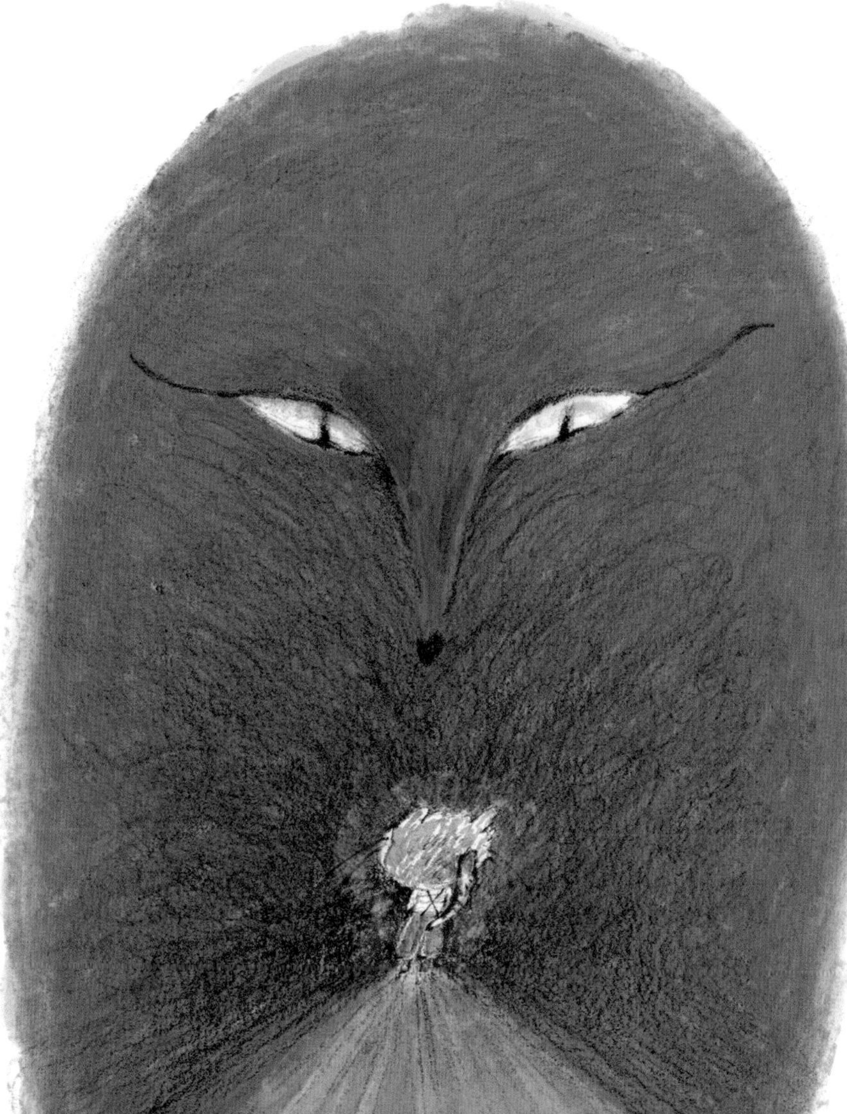

狐狸巫婆唸了一道咒語，周遭的蠟燭像是小星星，一顆顆亮了起來，「竟然是你？」

「嗯。」

「照片旅館顧名思義是用照片建立的旅館，如果沒有照片，肯定進不去。」

「但是上次的入口照片消失了，我該怎麼辦？」

「我也沒辦法。」

狐狸巫婆擦拭著水晶球，「水晶球浮現『1＋1』。」

「什麼意思？」

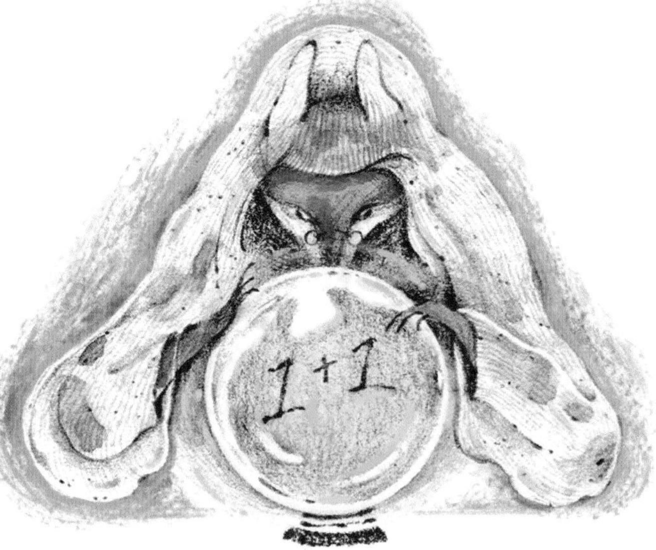

巫婆悠悠說著，「你會遇到另一個自己。」

我告別了巫婆，躺在床上想著「1＋1」。

隔天早上。

「媽，我想要看照片。」

「最近怎麼老是看照片？」

「我開始對攝影有興趣。」

我胡亂說。

「記得收好。」

「嗯。」

雖然檢查過幾百次，但是我還是找不到那個隱藏的「嬰兒」，會不會是我眼花？但是我肯定沒看錯。

會不會爸媽把照片藏起來？我為這個念頭感到雀躍。

晚上終於來臨，夜鶯苦苦悲鳴。爸媽都睡著了，這是一個絕佳的機會。

我潛入爸媽的房間，東翻西找卻一無所獲。天哪！為什麼就是找不到線索？

我不死心，轉移陣地，改搜尋爸爸的工作室。

這裡的窗戶都加上窗簾，光線被隔絕在外，因為這是爸爸沖洗照片的暗房，裡面有各式各樣的攝影配備，還有沖洗照片的瓶瓶罐罐，空氣中充滿著難聞的臭味。

我在櫥窗裡，發現一臺塵封已久的老式相機，相機上有個鬼頭的標誌，而且正瞪著我看。

「嘿！」我的背後有一隻手拍打著我，那個聲音沙啞陰森。

回頭一瞧，竟然是一個乾癟骷髏。

「啊～」我放聲尖叫。

「噓！你會吵醒別人。」

原來是爸爸，他穿著一件骷髏的睡衣，那是去年萬聖節時買的。

「那麼晚了，你在幹什麼？」

「爸，你快嚇死我了。」我的眼淚幾乎奪眶而出。

爸爸溫了一杯牛奶給我，舔了舔牛奶，我情緒和緩許多。

「你看的那臺相機是爸爸的第一臺相機，那時候爸爸沒錢，所以從中古市場買二手貨，你們以前大部分的照片，都是這臺相機拍的。」

爸爸摸著相機，一副相當愛惜的樣子。

「你能幫我拍一張照片嗎？」

「現在？」

我點點頭。

「真傷腦筋，相機的底片好像沒有了。」

爸爸戴上老花眼睛，「沒想到裡面還裝著底片，而且好像還能拍，要不要試試看？」

我有點開心。

「看這邊！」

喀嚓一聲後，底片開始倒轉。

「沒想到是最後一張。」

「爸爸，可以現在洗嗎？」

「那麼急，好吧，反正我現在睡意全消，貓本來晚上就不睡覺，不知道從什麼時候開始模仿別的動物，才在晚上睡覺。」

爸爸手忙腳亂的開始沖洗照片，而我等到睡著了。

「你醒了，爸爸把照片洗好了，但是這張照片似乎壞掉了，因為——」

爸爸話還沒說完，下一秒倒在沙發上睡著了，看來他真的累了。

我拿起爸爸懷裡的照片，天哪——

這張照片竟然有兩個我，這是一張多重曝光的照片，而且左下角曝光的地方，像是一道小門。

我的心撲通撲通跳著，我似乎又找到照

片旅館的入口了？

鼓起勇氣，我叩叩叩敲著小門，但是一點反應都沒有。

我再度敲了門，叩叩叩。

嘰乖——門開了。

頭好痛，當我醒過來時，映入眼簾的是一棵大樹，抬頭一瞧，招牌寫著：「照片旅館。」

我終於又回來了，這是第一次看到整間旅館的外觀。

這間旅館是一棵樹，這棵樹高聳入天，樹幹可能需要好幾百隻貓才能抱得住。

我走進樹幹裡頭，那是一個很寬廣的大廳。

「不好意思，我們客滿了。」一隻很可愛的小女孩說道，她穿著粉紅色的旅館制服。

「可是——」

我有點慌了，如果這裡不能進去，我還能去哪裡？

記得之前能進去房門，是因為我有門卡，門卡就是照片。

我摸著口袋，果然有一張照片，是爸爸剛拍的照片，我把照片交給可愛笑容的小女孩，她是一隻兔子，年紀跟我差不多。

她刷了照片，似乎沒有什麼動靜。

「拜託，你再刷一次。」我暗自祈禱能成功。

「好吧！」

沒想到再刷的時候，照片旅館突然發生一場大地震，我和小女孩落荒而逃。

地震一下就停了，幸虧照片旅館並無大礙。

「不好意思，我必須再確定一次，你知道的，我們不能搞錯房間。」

我點頭。

嗶的一聲，隨後是叮咚聲。

「沒想到這是一間特別房間的房卡，也算是一間隱藏房間，而且這間房間剛剛才形成。」

「你的意思是，剛才的地震才生出的房間？」

她點頭，「我帶你上去吧。」

她拿著我的照片，嗶一聲，電梯門打開，跟上次一樣，我們進了電梯。

她敲了兩下電梯，電梯瞬間變成透明，可以看見外頭一間間的大小客房，躲在層層疊疊的樹葉和無數枝幹裡頭。

不久，電梯門開了。

我猜這應該是整個旅館最高的地方，因為抬頭就是藍天白雲，如果住在這裡晚上一定可以看到滿天星斗。

「祝你旅途愉快。」

「謝謝。」她自行搭電梯下樓了。

我的心裡噗通噗通跳著，這一層樓只有這個房間，我要說的是，這張照片有點邪門，是壞掉的照片，那這間房間到底會長怎麼樣呢？

我鼓起用氣，掏出照片，靠在房門旁，嗶的一聲，房門打開了。

我的心臟幾乎要跳了出來。

門打開時——一道強光衝著我而來。

待眼睛慢慢能看見時，我幾乎無法呼吸——因為站在我面前的竟然是——我自己。

我起了全身的雞皮疙瘩，怎麼會有另外一個我？

「你好，請問你是？」

「我是你。」

我打了一個冷顫，他是我，那我是誰呢？

「哈哈哈，笑死了！」另外一個我哈哈大笑，「我是你的雙胞胎哥哥。」

「哥哥？」

「沒錯，只是我跟你不一樣，我住在照片的世界裡。」

「所以躺在19830824房間床上的是你嗎？」

「嗯。」

果然被我猜對了，我有一個哥哥，我早就渴望有個哥哥，不過我還是覺得怪怪的，有機會我一定要

到那個房間再度確認。

仔細端詳四周，這裡跟手上的照片一樣，是爸爸的工作室，跟現實世界一模一樣。

「哥，你怎麼會在這裡？」

「我喜歡這裡！只不過我一個人在這裡好無聊！你能永遠陪我在這裡嗎？」

「我不要！」

「這裡有各式各樣的房間，有吃不完的美食，有永遠的春天，有你愛的爺爺、奶奶和爸爸、媽媽，這裡只有美好，簡直是天堂，跟我一起住吧！」

「不行，我還要回去！」

「好吧，我會讓你有時間考慮！你會愛上這裡的，而且這裡有個愛你的哥哥！」

哥哥帶我到許多房間去，讓我再次感受到從前的美好，有許多事我幾乎都忘了，真的好快樂。

「你還是要回去嗎？」

「哥，我還是要回去，爸媽還在等我。」

「對不起，我不是你哥！」

他說完話後，變身成一個小女孩，她竟然就是櫃檯的小兔女孩。

「我叫小兔，不好意思我騙了你，希望你不要見怪！」

「沒關係！」

「我們能當朋友嗎？」

我點點頭。

「你真的不能跟我住在這裡嗎？」

「我想回家，不過真的很開心能認識你。」

其實，我的內心還是有點恐懼。

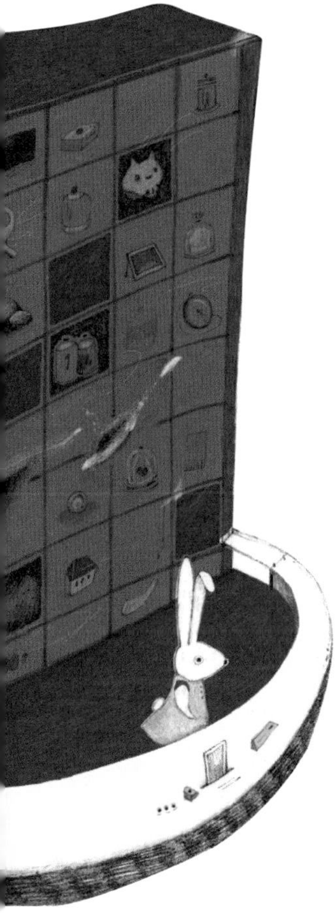

「好吧！」

說畢，她搶走我手上的照片，然後撕破照片，一個我在她的左手，另一個我在她的右手。

「記得，我們是朋友喔！不要忘了我！」

張開眼時，我躺坐在沙發上，我回來了。

不過我很自責，沒想到她如此信任我，我卻處處提防她，希望下次我能試著相信別人，或許會有更多美好的事發生。

突然，我想起一件事：爺爺、奶奶不是早在我出生之前死掉了，怎麼會有我們的合照呢？

我起了一身雞皮疙瘩，這照片旅館到底～～～

作者說

關於〈恐怖照片旅館：1+1〉

在這個世界上，如果遇見另外一個你，不要害怕。儘管他讓你不舒服，你必須試著認識他，把他當作朋友，並且擁抱他，他會讓你的生命開始有好的改變，因為他就是另外一個你。

超馬童話作家

顏志豪

臺東大學兒童文學博士，現專職創作。

拿起筆時，我是神，也是鬼。放下筆時，我是人，還是個手無寸鐵的孩子。

FB粉絲頁：顏志豪的童書好棒塞。

黑貓布利
在一起練習曲

賴曉珍
圖／陳銘

黑貓布利在酪梨小姐的甜點店找到工作，擔任助手，好開心喔！

酪梨小姐也很開心。她想，有了助手，以後她工作輕鬆多了，或許還可以偷懶，到公園曬曬太陽、發發呆。對了！說不定還能去看場電影呢，愈想愈美了。

布利很勤奮，他知道難得遇到酪梨小姐這樣對貓友善的人，所以提醒自己一定要表現好一點。

第二天，天還沒亮他就起床了，這是從小在漁村生活養成的好習慣。

酪梨小姐還沒起床，前段日子她忙著店的開張，太累了，今天

想多睡一會兒。

可是，樓下的烘焙廚房傳來乒乒乓乓的聲音。她從夢中驚醒，一時以為強盜來了，嚇一大跳，後來才想到，店裡有新助手，應該是布利起床了，沒什麼，沒關係，於是倒頭繼續睡。哪知眼皮才闔上兩秒鐘，又傳來「匡啷啷啷！」的巨響，這下子，她不得不跳起來察看發生什麼事了。

她咚咚咚跑到廚房，只見上方的置物櫃打開著，布利跌坐在地上，旁邊有一把傾倒的椅子，和滿地的鍋子、烤盤、鋼盆、擀麵棍

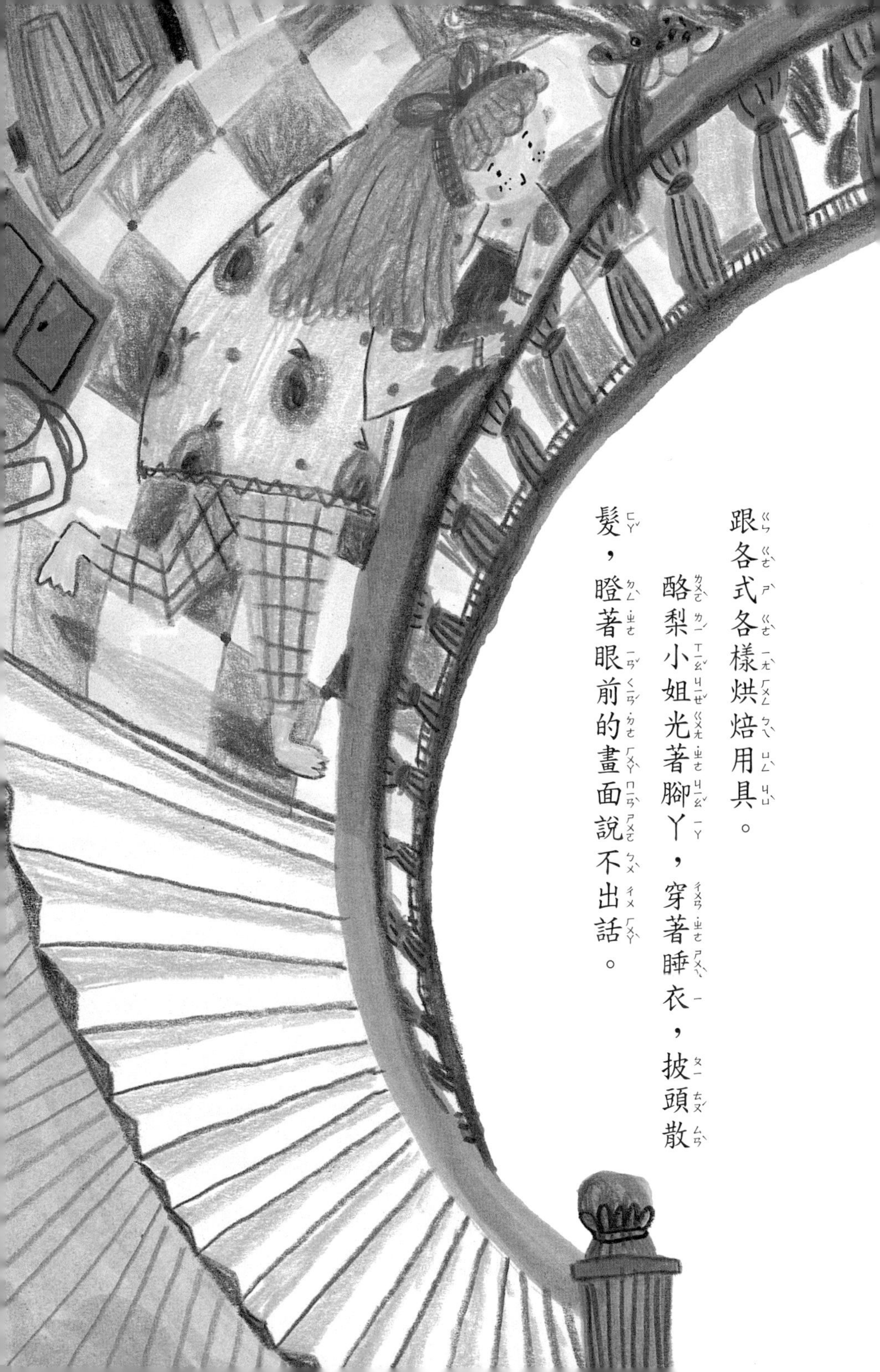

跟各式各樣烘焙用具。

酪梨小姐光著腳丫，穿著睡衣，披頭散髮，瞪著眼前的畫面說不出話。

布利趕緊解釋：「不好意思，因為我不曉得助手該做什麼，就想清洗用具，結果一打開櫃子，這些……全掉出來了……抱歉！」他低下頭。

「沒什麼，沒關係，你沒受傷吧？」酪梨小姐溫柔的說：「謝謝你早起工作，不過，這些用具都是乾淨的，不需要清洗了。」

酪梨小姐扶起布利，請他休息一下、壓壓驚，然後搬起傾倒的椅子，站在椅子上，將散落一地的鍋碗瓢盆擺回櫃子裡。

布利見了趕緊過來幫忙，一邊遞東西，一邊連連道歉。酪梨小姐沒怪他，反而說：「沒什麼，沒關係，是我沒放好，才會一打開門，東西就滾下來。」

既然都起床了，酪梨小姐已經睡意全消，乾脆做早餐吧！冰箱裡有現成的牛奶、雞蛋、奶油和果醬，再烤個吐司，就是美味的早餐了。

布利急著表現，搶著說：「我來煎蛋！」

酪梨小姐愣了一下，說：「好啊，有你幫忙真好，那我來烤吐司。」

嘴巴上雖然這樣說，可是因為剛剛發生的事件，她心裡其實有點不放心。

布利拿起煎鍋，說：「我最喜歡幫忙了，我喜歡跟爸爸一起捕魚，也喜歡幫媽媽做家事。一起工作很愉快，時間很快就過去，事情也完成了！」

酪梨小姐將吐司放進小烤箱裡，眼睛卻緊盯著布利。只見布利瞪著爐子好久，卻遲遲不動手。

「有什麼問題嗎？」酪梨小姐問。

布利抓抓頭說：「這個爐子……我不會用。」

「啊，你不會開瓦斯爐呀？對對對，我忘了你剛從貓島來，你們那兒沒這東西吧？很簡單，我教你。」

酪梨小姐教布利如何使用瓦斯爐。當瓦斯爐一開，火焰冒出來時，布利嚇一跳，哇！好神奇喔，人類的城市太了不起了。

既然開火了，酪梨小姐順便動手煎蛋。她技術好厲害，布利捧著盛蛋的盤子，在旁邊認真學。

奇怪！那是什麼燒焦味？……糟糕！吐司烤焦了。酪梨小姐忘了自己先前在烤吐司呢！

啊啊啊，酪梨小姐丟下煎蛋，衝去打開冒煙的小烤箱，右手端出烤盤，「哎呀！」大叫一聲。她忘了戴隔熱手套，手燙傷了，轉頭再看，另一邊的瓦斯爐火沒關上，蛋已經煎黑了。

布利呢？他趕緊丟下盤子，結果「啪嚓！」一聲盤子破了，不管啦！他關上爐火，急忙抓著酪梨小姐的手到水龍頭下沖冷水。水嘩啦啦的流，酪梨小姐看著自己的手，眼角濕濕的。

布利問：「很痛嗎？」

她搖搖頭說：「沒什麼，沒關係，是眼淚自己掉下來的。」其實她的手很痛，心裡也有點沮喪，只不過不好意思說。

「手燙傷了耶！」布利說：「你今天好好休息，工作讓我來就行。該做什麼，你儘管吩咐！」

聽到布利的話，酪梨小姐立刻緊張起來，她怎麼放心把工作交給布利哪！畢竟他剛從偏僻的貓島來，連瓦斯爐都不會用呢！

「沒什麼，沒關係，等會兒擦點燙傷藥膏，戴上乾淨的手套，一樣能工作。店才開張，身為老闆的我怎麼可以休息呢！」

唉，酪梨小姐根本不敢放手給布利啊！

吃完早餐，布利趕緊收拾：打掃破盤子，清洗餐具，整理廚房，很好、很好，這些他做起來都沒問題，被請在一旁休息的酪梨小姐看了稍微放心啦！

「廚房收拾好了，我們要開始工作了嗎？」

布利的濕爪子在圍裙上擦擦，問道。

「嗯，今天先烤磅蛋糕好了，我來處理奶油跟糖……」酪梨小姐拿出一個調理盆跟手持電動攪拌機，說：「布利，你去幫我拿白砂糖好嗎？在倉庫裡。」

酪梨小姐的倉庫放了好多烘焙食材喔，包裝一袋一袋的，有些還寫外國字，布利不清楚哪袋才是白砂糖，就挑了最大袋的，拖出去給酪梨小姐。

「不不不，這是麵粉，不是白砂糖。白砂糖放在……」算了，酪梨小姐不會說，只好放下手中的工作，自己去倉庫拿。

「糟糕！」酪梨小姐瞪著架子說：「白砂糖沒了，昨天就該訂貨的，結果一忙就忘記了……」

布利立刻說：「我去買！」

「太好了！有你幫忙真好。」

酪梨小姐拿小錢包跟購物袋給布利，說：「你出門後右轉，沿路走大約三分鐘會看見一棵櫻花樹，然後左轉再走三分鐘，就會看見一家便利商店。你買三包，喔不，六包白砂糖回來。謝謝喔！」

布利脫下圍裙，尾巴舉得高高的出門了。他照著酪梨小姐說的，很快就到了便利商店。

可是、可是，店裡只有四包白砂糖。

「少兩包，怎麼辦？」布利問店員阿姨。

店員阿姨說：

「你去大賣場買好

了，那裡肯定有足夠的白砂糖。」

「大賣場在哪裡？」

「前面有公車站牌，你搭5號公車，坐十站就到了。」

太好了！布利沒搭過公車，想到可以搭公車去大賣場買白砂糖好高興。

他到公車站牌跟大家一起等車，上了5號公車，學著投銅板買票，然後找到一個靠窗的座位，座位上還有安全帶，前方有塊牌子寫「請繫安全帶」。

原來，在這個城市搭公車要綁安全帶呢！

布利從沒看過安全帶，不過他看看別人繫好的樣子，再自己摸

索一下，很容易就扣上安全帶了。

哇！搭公車好好玩喔，沿路還可以欣賞城市風光呢，世上竟然有這麼好的事。

布利忙著看窗外風景，也沒忘了數公車停過幾站，到了第十站時，他急著下車，卻發現安全帶解不開，喔不，應該說是他根本就不會解安全帶。

哇哇哇！車門關上，公車要發動了，布利還扯著安全帶不曉得怎麼辦？他急得大叫：「司機伯伯，我要下車，等等我，我卡住了。」

幸好司機聽見了，其他乘客也聽見了，一位大哥哥幫布利解

開安全帶，他才幸運脫身下車。看來，這個城市還是有不少對貓友善的人哪！

找到大賣場，買了白砂糖，回程布利不敢搭公車了。他想到公車上要繫安全帶，如果又解不開太可怕了。

布利決定走路回去，幸好他剛剛一路看風景，記憶力又好，還記得公車開來的路線。布利很聰明，沿著同一個路線反向走回去，只是背著六包白砂糖好重喔！回到店裡，酪梨小姐一看到他幾乎跳起來，衝過去抓著他大吼：「你怎麼出去這麼久？我擔心死了，以為你被外星人綁架，正要打電話報警呢！」

布利說：「對不起，你生氣啦？雖然花了不少時間，但是六包白砂糖買回來了。」

布利打開購物袋，拿出白砂糖，還將買糖的過程從頭到尾說一遍。

「唉，這樣不行，我得趕緊幫你配支手機，免得你一出門就失蹤。還有……」酪梨小姐嘆口氣說：「剛剛我思考了一番，我也不對，今天發生了很多事，我明明心裡有話，卻沒有坦承說出自己的想法跟意見，然後只是空焦慮、窮緊張跟不放心，最後還情緒爆發，對你發脾氣。我不喜歡這樣。畢竟我們要一起工作，所以我決定了，以後會老實說出真心話，也會學著跟你好好溝通。小心喔！我很嚴格，生氣時像魔鬼喲。」

布利立刻立正站好，耳朵豎得高高的說：「遵命！老闆。」

酪梨小姐笑了，說：「好啦，肚子餓了吧？我用剩餘的白砂糖烤了一條橘子磅蛋糕，我們來吃午餐吧！」

「啊！那開店怎麼辦？工作都還沒做呢！」

「算了，沒什麼，沒關係，今天休息一天吧，明天加倍努力補

回來就行。吃完午餐，我打算先教你一些烘焙的準備工作。」

「好好好，我要學，我想快點成為一位好助手。」

布利好開心，他覺得酪梨小姐好好喔，自己竟然能在這麼棒的一家店工作。

看見布利燦爛的笑容，酪梨小姐的心情也飛揚起來，先前的負面情緒都一掃而空了。

「加油！」她點點頭，為自己打氣，也感覺自己變得有力量了。

布利呢？他忙著擺餐具，打開冰箱拿出最愛的布利乳酪，準備吃午餐了。

啊！在這家甜點店，每天都可以吃到好多好吃的東西，他覺得好幸福喔！

作者說

關於《黑貓布利：在一起練習曲》

人是群居的動物，無法脫離他人獨自生活，所以，「如何與人相處」就成了一門重要功課。

人與人在一起，理想的狀態是彼此關懷、合作，產生雙倍以上的力量，可是如果無法好好溝通，只是一味的壓抑情緒，讓焦慮感不斷上升，終致爆發，結果就不理想嘍！

超馬童話作家

賴曉珍

出生於臺中市，大學在淡水讀書，住過蘇格蘭和紐西蘭，現在回到臺中專心當童書作家。寫作超過二十年，期許自己的作品質重於量，願大小朋友能從書中獲得勇氣和力量。

曾榮獲金鼎獎、獲開卷年度最佳童書獎（橋梁書）、九歌現代少兒文學獎，其他得獎記錄：九歌年度童話獎、國語日報牧笛獎、好書大家讀年度最佳少年兒童讀物獎等，已出版著作三十餘冊。

鼴鼠洞第56號教室

亞平

圖／李憶婷

鼴鼠洞第56號教室是一間開放的教室，每隻鼴鼠都可以進去坐一坐。

負責這間教室的是年紀有點大的黑老師，她總是笑咪咪的問進來的鼴鼠們：「要不要去尋寶哇？」

尋寶？每隻鼴鼠們都搖搖頭。

每次鑽地洞都像在尋寶，不是鑽到石塊，就是鑽到樹根，有的是驚喜，有的是驚嚇。誰還想要去尋寶？

況且，尋什麼寶？

曾有流言傳出：「寶物就是松子！」

松子？松樹下成堆的松子？

大家更是意興闌珊了。

吃都吃膩了，還尋什麼寶？

今天，阿力、阿發、阿胖走進了第56號教室。其實，他們是走累了，想進來歇歇腳的；不過，黑老師一見他們就說：「你們，就是你們了！」

「我們？發生了什麼事嗎？」三隻鼴鼠很困惑。

「今天尋寶成功的人就是你們了！」

「我們？」阿力說：「我們並沒有要尋寶啊！」

黑老師搖搖頭：「不行，今天的尋寶活動非你們不可，而且，

現在，正是好時機；我相信你們也一定會成功。」黑老師拿出一個袋子，「來，這是救急包，背好它，現在就出發！」

「黑老師，你弄錯了，我們並不想……」

「我沒弄錯。孩子們，我的眼光完全正確無誤。」黑老師露出慈愛的笑容，「接下來要做什麼呢？對了，接下來要選一幅畫。」

黑老師指著教室的牆壁，說：「來，這裡有三幅畫，你們選一幅畫吧！」

三隻鼠根本搞不清楚尋寶和畫作的關係，他們看了看這三幅奇怪的畫，然後，阿胖舉起來手，指著第三幅畫作，說：「哇，畫裡有西瓜和草莓呀！」

黑老師馬上拍起手來：

「太好了，明智的決定。正是這幅畫，這幅畫選得好。西瓜和草莓，是我愛吃的食物。來，就從這裡進去吧！」

黑老師把畫作移開，畫作的後方出現了一個地道。

三秒鐘內，三隻鼴鼠就被趕進地道裡，尋寶活動，開始。

這是一條尋常的的地道，三隻鼴鼠的後路既被關閉了，他們只好認命的、安分的往前走。

「就當作是找另一個出口出去好了，」阿力埋怨道，「再也不要隨意進去56號教室了！」

三隻鼴鼠沿著地道前進，很快就來到一個分岔路。

「前面有一個分岔路，我們要往哪一邊走？」

三隻鼠依照老師教的技巧，停下來聞聞嗅嗅，但是感受不到兩個地道的差異。

「往左還是往右？走錯路就糟糕了。」阿力說。

阿發看了看地洞上方，突然發現一張紙條。

「看，這裡有張紙條啊！」阿發拿下紙條後，大聲念出上面的字：

「黑老師是一個什麼樣的人？

1. 聰明。

2. 愚笨。」

「這紙條和尋寶遊戲有什麼關聯啊？」阿胖搞不清楚。

阿力看看紙條再看看地洞，突然間，他大喊：「我知道了。你們看看洞口，右邊的地道口擺著一顆小石頭，左邊的地道口擺著兩顆同樣的小石頭，也就是說，如果我們選1就走右邊，選2就走左邊！」

其他兩隻鼠依照阿力的話仔細瞧，果然瞧出了端倪，他們不禁拍手大喊：「黑老師真是聰明，竟然想出了這樣的遊戲！」

「那就是選1囉！」阿胖問。

「當然選1。如果我們覺得黑老師笨，我們聽他的話，豈不比她更笨？」阿力說。

兩隻鼠也點點頭，然後，一起走進右邊的地道。

「我突然覺得這個尋寶遊戲有點好玩了，黑老師真有趣！」阿力說，「我還是想趕快回去，我肚子有點餓了。」阿胖說。

「我們該不會往地心走去，遇見噴火龍吧？」阿發說。

「如果能遇見噴火龍，那是我們運氣好！別說瞎話了，看，前面又有岔路了。

阿力找了找，果然在洞口上方找到紙條，他大聲念出來：

「**地心裡有噴火龍嗎？**

1. 沒有。

2. 有。」

「奇怪了，黑老師知道我們現在正在想什麼嗎？」阿發抬頭左右張望。

阿胖說：「這個問題太簡單了，地心裡當然沒有噴火龍。我們往右邊的地道走吧。」

三隻鼠不約而同的往右邊走去。不過，走了一小段路後，竟然發現無路可走；也就是說，這一題，他們選錯答案了。

「怎麼可能？」阿胖大叫，「黑老師一定弄錯了。地心裡明明沒有噴火龍，她在想什麼？」

「會不會是她曾經遇見過？」阿發也相當疑惑。

「如果她遇見過噴火龍，這早就是鼴鼠學校的頭號新聞了。我們往回走吧。」

三隻鼠只好再回到第二個問題的分岔點，往左邊的地道走去。

「如果找到出口，下次，我一定要去56號教室好好問問黑老師。」阿發說。

「對，一定要她拿出噴火龍的証據來，指甲、麟片都可以。這才能証明噴火龍真的存在。」阿力也附和。

阿胖笑著說：「這事你們去問，我才不要去。」

五分鐘後，他們來到一個三岔口。

「哇，選擇愈來愈多了。看看題目是什麼吧！」阿發說。

阿胖找到紙條大聲念出來：

「什麼時候的風景最美麗？

1. 日出的時候。

2. 日正當中。

3. 日落的時候。」

三隻鼠你看我，我看你，誰也沒有什麼好答案。

「黑老師真無聊，出這麼奇怪的問題。什麼時候風景最美麗？這得看個人的感受，哪有什麼標準答案。」阿力說。「而且，你們看過日出？看過日落嗎？」

阿發阿胖都搖搖頭。

鼴鼠們長期生活在地洞裡，眼睛比較脆弱，太強的光線會讓他們不舒服。所以，他們出外活動時都盡量選擇光線微弱的時候，也不會直視太陽。日出，日落，他們真的沒看過。

「選日出吧！」阿胖建議。「聽其他動物說過，日出的景象很美。」

「我也贊同選日出。日正當中，陽光太強，不可能。日落嘛，天都快黑了，有什麼好看。」阿發說。

阿力也沒什麼好主意，於是一行人就往1號的地道走去。

沒想到，走不到三分鐘，轟隆一聲，三隻鼴鼠一起掉進一個大洞裡，跌得慘兮兮。

「是誰在這兒挖個大洞的，是要嚇死人嗎？」

「一定是黑老師。」

「就算要告訴我們答案選錯了，也不必用這種方式啊！」

三隻鼠在洞裡氣急敗壞的抱怨著；然後，手忙腳亂爬上洞口，這才又回到原來的三岔口。

看來，只能選擇第三個答案——日落了。

三隻鼠無奈往右邊走去。

走了一段路，眼前突然一亮，他們看到一座湖。

「一座湖？」

「是要我們游過去嗎？」

「寶藏在湖底？」

三隻鼠看看湖面、探探湖底，再逛逛四周，都沒有好主意。

阿力說：「看來，我們是得要游過這座湖了！」

「不行，我不敢。」阿胖哭喊著：「我不會游泳。」

阿發走到阿胖的身旁，敲了他一記：「不要動不動就哭！你忘了，我們還有救急包哇！」

「對，救急包。」

慌亂的打開救急包，三隻鼠卻發現裡面只有一條繩子、一副墨鏡——其他，什麼也沒有了。

「繩子？墨鏡？黑老師不知道我們需要的是游泳圈嗎？」阿胖大叫。

「浮板也行。」

「吸管也可以。」

「唉——」三隻鼠同時嘆口氣。

阿力把繩子咬斷，一條繩子變成兩條繩子。然後，把阿胖的一隻手臂綁在自己的手臂上；阿胖的另一隻手臂則綁在阿發的手臂上。

「好了，現在我們三隻鼠要合體變成一隻鼠了。」阿力轉頭叮嚀阿胖，「你要把身體放輕鬆，尾巴翹起來，鼻子嘴巴浮出水面，我和阿發會負責帶你前進。這中間，不準哭，不準大叫，可以嗎？」

阿胖惶恐的點點頭。

阿力巡視湖泊的周遭說：「湖泊不大，忍耐一下，我們一定可

以過關的。」

準備就緒，三隻鼴鼠，哦，不，一隻三倍分量大的鼴鼠就這麼下水了。

五分鐘後，很順利的游到對岸。

三隻鼴鼠解開繩子，抖抖水，相視一笑，「看來，不難嘛！」

阿胖也笑了：「原來游泳

很好玩，我真的太緊張了。」

離開湖泊後，只有一條地道往上走。三隻鼠一走進地道，又看到紙條了。上面寫著：

「恭喜大家通過考驗。寶藏就在地道的盡頭。」

太棒了，最後一關了。三隻鼠高興奔跑著。不過，為什麼地道持續往上走？不是應該往下嗎？

往上，再往上。

突然間，三隻鼠嗅到不一樣的味道了。

「我們好像離開地道了！」阿發的嗅覺最靈敏。

「是啊，這裡好像是——」阿胖也用力的嗅聞，「我知道了，是樹根！」

「對，樹根。」阿力也聞出來了。

「我們為什麼會在樹根呢？」阿胖還是疑惑。

「這應該是棵死掉的空心樹，地道剛好通往空心樹的樹根，所以，我們就爬上來了。」

「我們會爬到哪裡去？」

「上去就知道了！來，我們來比賽看誰先爬到終點。」阿力一吆喝，三隻鼠像是在競賽似的，卯足全力向前衝。

樹根——樹幹——樹枝——樹梢——

「哇～～」

當三隻鼠站在松樹的最頂端往下看時，他們不約而同發出了讚嘆聲：

好美的夕陽。

好美的彩霞。

好美的風景啊！

一輪渾圓的落日正緩慢落下，彩色的雲霞，恣意流動，鮮豔欲滴；而高空俯視而下的風景，就像一幅絕世畫作！

「太美了，原來落日這麼美！」

「我們在地下生活太久了，從沒上過樹梢頭來開開眼界。有空，應該上來看一看。」

「黑老師沒有騙人，這景象，永難忘記！」阿力呆住了。

「嘿嘿，如果怕刺眼，還有墨鏡以防萬一。」阿發戴上墨鏡說。

阿胖倒是嘴中嘖嘖有聲：「瞧我摘下來的新鮮的松子，清香又好吃，你們一定要吃吃看，不吃會後悔！」

三隻鼴鼠在樹梢待了多久的時間，他們也不知道。一直到夕陽完全沒入山頭，他們才依依不捨回家。

「我覺得我們今天真的尋到寶藏了。」阿力說。

阿發、阿胖也點點頭。

「我們應該要去向黑老師道謝，謝謝她讓我們看到這麼美的風景。黑老師真是用心良苦。」阿力又說。

「對，順便問問她地心是不是真的有噴火龍？」阿發也說。

「如果有的話呢？」阿胖突然一臉驚恐。

「難道——」

阿力一笑：「有何不可？」

阿發也笑：「不一定喲！」

阿胖則大喊著：「別丟下我呀！」

作者說

關於〈鼴鼠洞第56號教室〉

小朋友，最適合尋寶的地點是哪裡呢？答對了，就是地洞。

這篇故事裡，設計了一個地洞的尋寶遊戲，這源自於我小時候常玩的紙條遊戲。尋寶的必要條件就是不要怕困難、勇於嘗試、互相合作，就像三隻小鼴鼠一樣。

不管有沒有得到寶藏，相信內在的收穫都會比外在的收穫來得多。

超馬童話作家

亞平

臺東大學兒童文學研究所碩士，國小教師、童話作家。

投入童話創作十幾年，燃燒內心的真誠和無窮盡的幻想，為孩子們帶來觸手可及的愛與溫暖。

喜歡閱讀、散步、旅行、森林和田野，尤其迷戀迅即來去的光影。

曾榮獲九歌年度童話獎、國語日報牧笛獎、教育部文藝創作獎等，著有《月光溫泉》、《我愛黑桃7》、《阿當，這隻貪吃的貓！》一～三集、《貓卡卡的裁縫店》。電子信箱：yaping515@gmail.com。

火星來的動物園
豬隊友報到

王文華

圖／楊念蓁

漢堡配薯條，豆漿的好朋友是油條，白雪公主與七個小矮人在一起，那警察……

警察局有規定，每個警察都要有隊友，出門辦案才有伴。

大野狼還沒有隊友，警長想讓犀牛隊長當他的搭檔。

「他頭上有尖尖的角耶！」大野狼不肯：「他應該跟水牛在一起。」

「孔雀副隊長呢？」

「她屁股會開花。」大野狼反對。

「長頸鹿專員的頭上沒角，屁股也不會開花。」

「他那麼高，我們走在路上不好看。」

「如果是兔子偵查員……」

警長正說著，兔子偵查員已經跳出窗戶，留下一串長長的反對意見：「兔子和狼去巡邏，那是羊入虎口！」

望著兔子偵查員的背影，大野狼吼著：「我不是老虎，你也不是羊，應該是兔入狼口哇——」

聲音很響，飛過的鸚鵡被嚇得掉下來，他揉揉頭，發現沒事了，這才拍拍翅膀飛走。

警長發火了：「這也不行，那也不行，現在就算你提出一百萬個反對的理由，我也不管了，因為警察局裡只剩他了。」

他，是一隻野豬，野豬正在吃今天早上的第三頓早餐。

POLICE

「跟豬去巡邏？」野狼還是有意見。

野豬把剩下的三明治扔進嘴裡：「狼哥，該誰就是誰，咱們走吧！」

說來說去，都怪經濟不景氣，火星來的動物園，一天賣不到十張票，每逢週一休園日，園裡的動物都得打工賺錢養活自己。

棕熊太太做管理員，河馬開救生艇，大象去消防隊報到，今天連野豬……

大野狼忿忿不平的加快腳步，任憑野豬在後頭追，他也不想跟豬走在一起。

明明天氣這麼好，路上的人這麼可愛：「我卻要跟豬配成一對？」

大野狼還在自怨自艾，野豬追上來：

「小公園有人在大叫，一定出事了。」

大野狼豎起耳朵，沒錯，風裡有喊叫的聲音，小公園草地上，一群孩子指著遠方：「強盜，強盜搶走我們的……」

遠方有個黑影，大野狼身手矯健，一躍三公尺，他邊追邊想，豬追得上嗎？豬跑得快嗎？我這身手，我這速度……這是一匹來自「火星來的動物園」的狼，他快得像一陣風，繞過轉角，跑上大街，繞過轉角，跑到小巷，經過一座公園，有人叫他。

「等一等！」

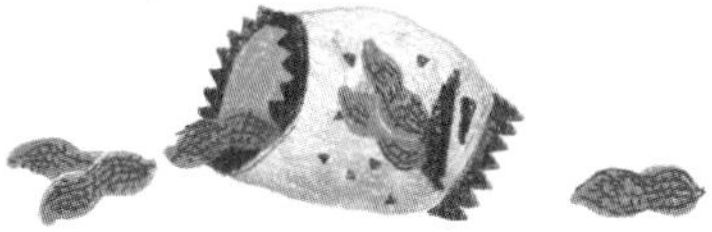

「你要報案嗎？」大野狼停下來擦擦汗，「野豬，你怎麼跑得比我快？」

「應該是你追了一圈，又回到了原點。」

「原來我跑得這麼快，」大野狼突然想到：「不對呀，那你呢？我在追強盜，你去哪兒？」

「我查出來了，強盜搶了半包花生。」

「花生？」

「那些孩子說的。」野豬開心的說。

大野狼的眼睛都快冒出火來了：「我繞著小鎮追一圈，你只發現小孩掉了一包花生？」

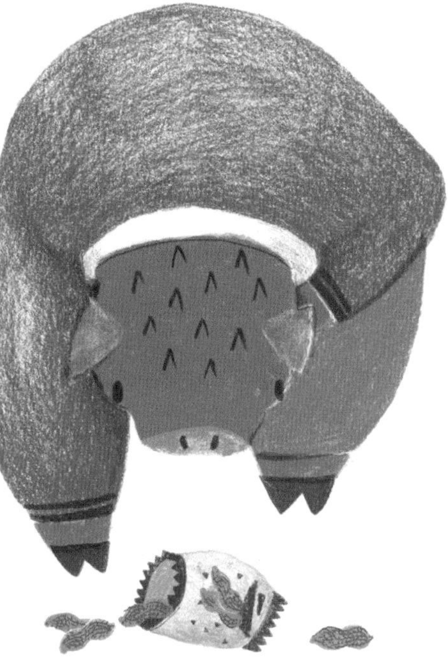

「是半包。」野豬手裡還有幾顆花生殼。

「我要寫在報告上，大野狼拼命追嫌犯時，他的豬隊友只撿了一包花生。」

野豬心裡急：「是半包，而且我有撿到花生殼。」

他愈說，大野狼心情愈差，心情一差走得就快，在麵包店外，差點撞到一位老婆婆。

老婆婆正在大叫：「搶劫呀，搶劫呀。」

大野狼立刻扶住她：「這是第二件強盜案。」大野狼睜大了眼睛：「你被搶走的是項鍊、手環還是鈔票？綁匪身材高矮胖瘦、膚色紅橙黃綠，你說得愈詳細，我愈早抓到他。」

老婆婆拍拍胸口：「他身形好像是綠色的，個子感覺不太高，對了，他搶我的麵包。」

「麵包？」

老婆婆的麵包掉在草地上，野豬趕來了，他撿起麵包：「髒髒的。」

「那是我抓得緊，強盜只好放棄。」老婆婆很生氣：「但是，髒了，我要報案。」

野豬把麵包丟進嘴裡，「味道雖然不錯，感覺少了點什麼？」

大野狼瞪著他：「我的報告裡會寫，野豬吃掉唯一的證物。」

野豬沒解釋，因為他又走進麵包店買了一塊麵包。

「你還沒吃飽哇？」大野狼好生氣。

但野豬卻問老婆婆：「你剛才買的是這種麵包？」

老婆婆點點頭。

野豬聞了一下：「麵包上的栗子不見了。」

老婆婆惋惜的說：「這家店的栗子麵包最好吃。」

野豬趴下來，在草地上東聞聞西聞聞：「原來的栗子不見了，真可惜。」

大野狼寫報告，野豬把麵包交給老婆婆：「你的案子我們會好好調查清楚。」

「調查清楚？」大野狼忿忿不平：「是去麵包店裡調查嗎？」

野豬拍拍額頭：「狼哥，這真是個好建議。」

說著說著，野豬打了個飽嗝，伸個懶腰，竟然躺在草地上。

「好藍的天空，好軟的白雲，好棒的一天。」

「野豬隊友，你立刻起來，我們是警察，不可以在街上睡覺。」

「我在研究案情。」野豬拍拍旁邊的草：「狼哥，吃飽了睡個覺，頭腦比較好。」

「我的報告裡要寫，當大野狼警察辦案時……」

大野狼的筆寫得又快又急，野豬卻伸手按著他，比個噓。

「又怎麼了？難道你肚子又餓了？」

野豬聞了聞空氣：「狼哥，你果然是神探，鼻子好靈啊，你看——」

那是麵包店的煙囪飄出白煙，煙裡有香噴噴的氣息，哇，是栗子的香氣，香氣會吸引人，果然，麵包店外早就排了一道長長的人龍。

野豬坐起來。

「你也想去排隊？」大野狼哼了一聲：「別忘了自己的身分，警察不可以在上班時間排隊買麵包。」

「我知道，我知道。」野豬的肚子傳來一陣咕嚕咕嚕：「真的好香好香啊。」

麵包店的門打開了，栗子麵包出爐了，排最前面的是一位長髮的女孩，她走進去，抱了一大袋的栗子麵包出來，她的神情那麼喜悅，彷彿她抱的不是麵包，而是心愛情人送的鮮花呢！

但是，她才剛走出店門，空中竟然落下一道黑影，黑影在空中伸出爪子，抓了那袋麵包就要往上飛。

「強盜……」那小姐喊。

「狼哥，快追呀。」野豬也喊著。

「強盜？」大野狼愣了那麼一下下。

「他快溜走了。」

野豬這一催，容不得野狼多想，他跳起來，跟著那道黑影，不，那不是黑影，是隻綠色的鸚鵡。

鸚鵡抓著那袋麵包根本飛不高，大野狼一撲，在圍牆前抓住他。

「#$%#%︿︿&」鸚鵡的話又急又快，大野狼聽不懂。

野豬跑過來了。

「狼哥，太厲害了，幸好有你這麼靈活的身手，我們才能抓住他。」

說到他，野豬看看那隻鸚鵡強盜，他咦了一聲：「金剛鸚鵡，你怎麼來這裡當強盜？」

「#%@#%〈&*」鸚鵡流著眼淚說。

「他說什麼哪？」大野狼急著問。

「他被人從巴西賣到這裡來，好不容易才逃出來，肚子餓，找不到東西吃。」

「沒東西吃來當警察呀，怎麼可以當強盜哇。」大野狼板起臉孔。

四周傳來一陣掌聲，那是掉了花生的小朋友，還有被搶了麵包的小姐，外加麵包店外等著買麵包的人們。

「你怎麼知道這隻鸚鵡會來搶麵包？」大家都很好奇。

野豬搔搔頭：「一開始公園有搶案，那是幾個小朋友在野餐，奇怪的是，餐籃裡好吃的食物那麼多，卻只被拿走半包花生；麵包搶案也很可疑，剛烤好的麵包那麼香，強盜只吃了栗子，我判斷……」

「是因為強盜很笨？」小朋友問。

「我判斷，強盜喜歡吃堅果，栗子麵包出爐時，強盜一定會再來。」野豬說到這兒，四周掌聲更熱烈了。

「神探，神探。」人們歡呼著。

「我因為貪吃不小心破了案，最大的功勞其實是我的伙伴，」野豬把大野狼推到眾人前面：「沒有狼哥撲上去，怎麼抓得到搶麵包的強盜呢？」

「神探，神探。」掌聲更熱烈了。掌聲中，大野狼覺得臉好熱好熱，一定臉紅了。幸好他臉上的毛很厚，應該沒人發現吧？

想到這裡，他忍不住拍拍野豬肩膀：「謝謝你，我的豬隊友。」

午夜鐘聲十二點，一個穿著灰色衣裳的姑娘匆匆跑過街口。

後頭有人追著他，追來的不是王子，是兩個警察。

這兩個警察一高一矮，一胖一瘦。

高瘦的是野狼，胖矮的是野豬。

身穿灰衣裳的姑娘說：「你們追我做什麼？」

「灰姑娘，你是灰姑娘，」大野狼好興奮，把本子遞過去：「你是童話界名人，請在本子上簽名。」

灰姑娘簽得很快：「好了，我得走了。」

「不好意思，請等等，」野豬手裡有隻破布鞋：「你看看，這是不是你的？」

灰姑娘有點生氣：「這怎麼會是我的

呢？讀過童話故事的小朋友都知道，灰姑娘穿的是玻璃鞋。」

野豬很客氣：「不好意思，我們調查過了，你穿著舊鞋參加舞會，宴會還沒結束，你就說魔法時間到了，然後把別人的鞋子穿回家，例如你現在穿的玻璃鞋。」

「我……」灰姑娘退了一步，「我不是……」

「如果不是，請來試鞋啊，童話故事裡，你不是很愛試穿鞋子嗎？」大野狼和野豬異口同聲的說，「我們是最佳拍檔，調查案件從來不落空！」

作者說 關於〈火星來的動物園：豬隊友報到〉

想一想，你的好朋友怎麼找到的？

☐他從天上掉下來的。

☐我在路上遇到的呀！

☐一起經歷很多事，慢慢了解，最後變成了好朋友。

你覺得怎樣的好朋友才能長長久久呢？我的故事就從這裡想出來的哦！

超馬童話作家 王文華

臺中大甲人，目前是小學老師，童話作家，得過金鼎獎，寫過「可能小學任務」、「小狐仙的超級任務」，「十二生肖與節日」系列。

最快樂的事就是說故事逗樂一屋子的小孩。小時候住在海邊，長大了到山裡教書，目前有間小屋，屋子裡裝滿了書；有臺咖啡機，時常飄出香香的味道；有部小車，載過很多很多的孩子；有臺時常當機的筆電，但在不當機的時候，希望能不斷的把故事寫下去。

狼和狽都是野獸

劉思源

圖／右耳

我是狽。

從以前到現在，都沒有人見過的活生生的狽！

為什麼會這樣？

原因只有一個，因為我是傳說中的動物。

我的名字總是和「狼」連在一起。什麼「狼狽為奸」啦！「狼狽不堪」啊！「狼狽而逃」呀……。

傳說中我和狼是「長相很像」的野獸，而且都是跛子。狼的前腳長，後腿短；而我的前腳短，後腿長，因此注定了我倆相依為命的命運——我把短短的前腳搭（或騎）在狼的背上，用兩獸四腳的方式一起出門偷牲畜吃，一整個「互補」的概念。

但依照我的看法，這則傳說有點兒不靠譜！不說別的，狼可能有些微的長短腳，但你看過古今中外哪隻狼跑不快或跑不動而需要義肢？所以就算這則傳說是真的，那應該也是某一「匹」狼或某一「種」狼的特例情形，不是普遍現象。

當然還有一種說法更簡單，我們這些狽其實也是狼，只不過一隻或兩隻腿殘廢了（有天生的、受傷的、或是被捕獸夾夾斷的），必須賴在其他狼身上才能行動。哼哼！想也知道，這個說法是來自狼是群體動物的理論，但實際上除了狼媽、狼爸外，應該很少有「好心」狼，願意一輩子被我們當成輪椅使用，而且遇到危險時，我們立刻變成身上的大包袱，鐵定第一

個被撇下。

倒是李時珍伯伯在《本草綱目》裡說的有幾分道理，我們不知是鼻子靈？視力佳？還是聽力好？反正就是可以知道食物在哪兒，所以狼族經過效益評估後，決定把我們當成一具隨身雷達探測器，背著到處去打獵和覓食。

不過，以上「傳說」都是

過去式，也不可考，不如我現身說法，說個新鮮故事給大家聽。至於是真的還是假的？有道理還是無厘頭？就留給讀者猜一猜囉！

從前有一匹名叫毛筆兒的狼，牠全身披著濃密的灰毛，就像裹著一條保暖的毛毯。

牠是荒野中的一匹狼，獨來獨往的，不像一般的狼喜歡成群結隊。直立人稱這種性格為亞斯特質，天生的。

一天，毛筆兒經過一片草原，看到一群肥嘟嘟的小羊匆匆跑過去，嘻皮笑臉的叫：「抓不到！抓不到！短腳獸真沒用！」那群小羊本來又笑又鬧的，看到毛筆兒嚇了一大跳，立刻四下逃竄。

「哪裡逃？」毛筆兒一把抓住一隻逃得特慢的小羊，三口兩口吞下肚。

毛筆兒肚子滿滿、心情好好，打算睡個午覺。這時，草叢裡慢吞吞的走出來一匹……狼？

毛筆兒機警的豎起耳朵，繞著那匹可疑的傢伙走來走去。

那匹狼很奇怪，兩隻前腳特別短。

毛筆兒猛然想起，剛剛那群羊口裡嘲笑的「短腳獸」，莫非就是……

那動物看毛筆兒的視線落在牠的前腳上，斜眼瞪著毛筆兒說：

「我是狽，名叫紅糖。」

毛筆兒上下打量著這匹狽——狼族傳說中，頭腦好的不得了的好搭檔。可是牠的前腳這麼短，連隻小羊都捉不到的傢伙有什麼用呢？

「哼！」紅糖抬起頭，露出鄙夷的神色，一邊往草叢走一邊說：「笨狼，你敢跟我來嗎？」

毛筆兒心想：「誰怕誰！」

毛筆兒好強的跟著紅糖走進密密的草叢中。

撲通！

毛筆兒一時大意，才剛走進草叢就跌進一個大坑裡。

那個坑很深很深。

「救命啊！」毛筆兒一直往下掉，忍不住張口大叫。

砰一聲，他感覺先掉在一坨棉花上，再彈到坑底的泥堆中。

毛筆兒坐在泥濘中，好一會兒才適應昏暗的坑底。牠努力睜大眼睛察看四周情況。

咩……咩……沒想到，坑裡除了牠，竟然還有兩隻小羊。一隻撞昏頭、一隻屁股開花，窩在角落裡哀哀叫。

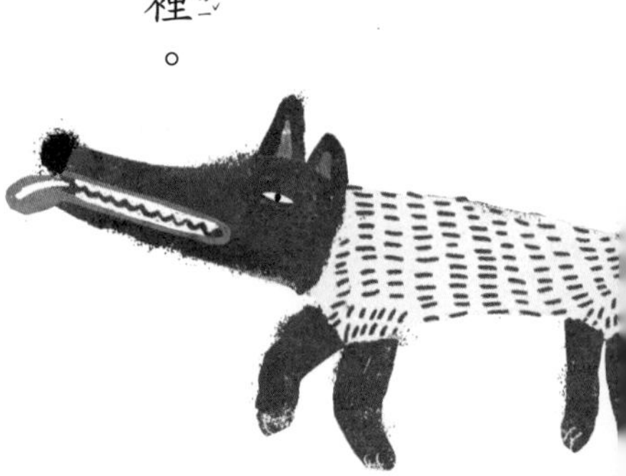

嗯，剛剛那坨棉花應該是其中的一隻小羊。好險！這坑很深，要是沒有小羊當墊背，非死即傷。

「怎樣？你一次只能捉一隻羊，而我一次可捉了兩隻羊！」紅糖哈哈大笑，美麗的紅色尾巴神氣的抖呀抖。

毛筆兒氣得牙癢癢的，這個短腳，奸詐！

紅糖鐵定利用短腳裝可憐，招來羊群的嘻笑，放鬆牠們的警戒心，再一步一步引誘牠們跳坑。

紅糖好像看穿了毛筆兒的心聲，「嘿嘿！狡詐是最好的讚美。」

「也對！」毛筆兒是匹聰明狼，立刻想到狼狐一族皆以「機智」為上，而狡詐和機智是「同義詞」，只是獵者和被獵者的觀點不同而已。

毛筆兒當然也有「機智」基因，他靜下心，看到近在眼前的兩隻肥嘟嘟「大餐」，轉個念頭頓時心花怒放。

「我可以暫時住在這兒幾日，一邊養傷一邊進補，反正紅糖不敢跳下來和我搶。」毛筆兒想著想著，嘴角露出一抹神祕的微笑，好整以暇的躺下來，剛剛跌下來時全身多處都擦傷了，需要安靜的地方舔舔傷口，至於吃飽了要怎麼爬上去？到時再想辦法，不急不急。

紅糖看到毛筆兒的神色，大吃一驚，「糟了！我這不是聰明反『狽』聰明誤，引狼入室嗎？」

紅糖跺跺腳，牠低估了這匹狼！

紅糖腦筋飛快的轉哪轉，打也打不過，跑也跑不過，絕不能貿然跳下坑。

其實因為這個坑很深，長腿狼都跳不上來，短腳狽要是下坑抓羊，也是百分之百下得去上不來。所以紅糖早早就準備了一條登山繩，一頭綁在坑邊大樹樹幹上，一頭綁在身子上，打算用垂降的方式下去坑裡，把小羊們抓上來。

紅糖本來以為毛筆兒跌下去，至少會扭到一兩隻腳而無法動彈。牠可以一邊嘲笑毛筆兒，一邊從牠眼前把兩隻小羊抱走。沒想到因為有小羊當肉肉墊背，毛筆兒全身居然只有小小擦傷，活動自如。這下子真糟糕，誰能拿走一匹狼的嘴邊肉？

傷腦筋、傷腦筋，紅糖決定先坐在樹下想想辦法，下一步該怎麼辦？

草叢的另一頭，小羊們也在傷腦筋。

牠們一直沒走遠，躲在附近的山洞裡，眼睜睜看著一隻小羊被狼吞了；兩隻小羊跌進坑裡，生死不明，心裡又氣又急。

「狼和狽都不是好東西！」小羊們氣自己為何如此倒楣？一邊被狽耍得團團轉，一邊被狼追著跑。

小羊們擠在一起，羊味濃濃的，好香啊！

忽然小羊們靈光一現，剛剛紅糖做了一個最好的示範，把自己當成誘餌引誘小羊們落坑，而動物圈最上等、最香、最嫩的誘餌就是「小羊」啊？老虎、花豹、獅子……誰不想咬一口？

小羊們打定主意，一起走出山洞，迎著風大力放送羊味。

不遠處，一頭飢餓的花豹忽然聞到一股濃濃的羊味，牠興奮的抬起頭，邁開四條腿往前跑。

花豹來了！花豹來了！

附近的鳥獸都嚇壞了，

叫的叫、飛的飛、跑的跑。

紅糖也慌慌張張跳起來，手忙腳亂的解開身上的繩子，拼命往前跑。

「用繩子把自己綁起來，真是一個天大的爛主意。」

紅糖懊悔的不得了。

豹的速度像閃電，再不跑就完蛋。

花豹的氣息從腦後熱呼呼的傳過來。

喔喔，長短腳兼肢體不協調的紅糖，沒跑幾步——

撲通！

紅糖的前腳被小石頭拐了一下，跌了一跤，而且說巧不巧剛好跌進坑裡，不偏不倚壓到毛筆兒的背上。

重力加速度。

「哎唷！哎唷！」毛筆兒和紅糖一個嚇一個痛，一起昏了過去。

紅糖沒想到，花豹根本不甩牠，一躍飛過大坑，頭也不回的往前跑。

花豹並不想跟一匹難纏的、尖牙利爪的狽糾纏。小羊兒才好吃。

而趁著毛筆兒和紅糖暫時失去意識，花豹遠離，一群小羊衝過來。

原來小羊們分成兩隊，一隊繼續誘敵、一隊擔任搶救的任務。

小羊們拿起紅糖剛丟在地上，但一頭還綁在樹幹上的登山繩，迅速的丟下大坑，讓兩隻小羊拉著繩子爬上來。

過了好一陣子，毛筆兒和紅糖悠悠醒來。

羊，跑光了！

肚子，很餓！筋骨，很痛。天空，很遠。

毛筆兒和紅糖掙扎著爬起來。唉！這下該怎麼辦？要是有一把長長的梯子就好了！

咦？毛筆兒和紅糖互看一眼，想起傳說中狽「趴」在狼身上一起奔跑的故事。

如果稍稍改一下，讓狽「踩」在狼的頭頂上呢？

試試看吧！

毛筆兒讓紅糖趴在牠的背上，然後兩條後腿挺直，學直立人的

姿勢站起來；接著讓紅糖往上爬，毛筆兒用兩隻前腳把紅糖抓牢，舉起來放到頭頂上。

哇！紅糖感覺身高立刻長了一「狽」。

紅糖伸出短短的、但有力的前腳攀住坑邊，縱身一跳，跳出大坑。

當紅糖跳出去，毛筆兒立刻想到一件事。

萬一紅糖不管牠就跑了，那牠不就得永遠待在坑底？

毛筆兒一顆心七上八下的，忽然一條繩子垂下來——

一加一大於二。

紅糖的計算機超厲害，一匹狼加一匹狽，絕對可以抓到比原先多幾倍的羊！而且不用算也知道，多一位朋友永遠比多一個敵人好！

註1：狽，中國傳說的一種動物，犬屬，是狼的近親。「狽」這一種動物，是否真正存在仍是一個謎。現在的人們認為，「狽」其實是被獵戶所設的捕獸夾夾斷前腿的狼，因為狼是群體生活的動物，不會遺棄自己的同伴，所以會讓狽的一雙短前腿放在自己背上以便一起行動。最早有關「狽」的記載是出自《酉陽雜俎．廣動植》，但儘管如此，當時一直沒有人成功活捉狽。（出自維基百科）

註2：《詩經．豳風．狼跋》說狽是跋的訛字。狼跋指老狼前進會踩到自己下巴垂下的肉，後退則絆到自己的尾巴而跌倒。（出自教育部異體字字典）

註3：《康熙字典》中，「狽」字的解釋是：「狽，獸名，狼屬也。生子或欠一足二足者。相附而行，離則顛。」這一解釋比較合乎科學道理：第一，狽並非傳說中的獸，自然界裡有狽；第二，狽就是狼生下的畸形後代，一條腿或兩條腿發育不全，走起路來要趴在健全的狼身上。狼一離開，就會跌倒。（出自KKnews）

作者說　關於〈狼和狽都是野獸〉

這次的題目是「合作」，靈光一閃，不如來開個「成語」玩笑，讓傳說中「狼狽為奸」的狼和狽親自現身，說說他們倆為何能「在一起」這麼多年的祕訣？是因為感情因素？利益考量？或是互補作用……？

超馬童話作家　劉思源

一九六四年出生，淡江大學教育資料科學學系畢業。曾任漢聲、遠流兒童館、格林文化編輯。目前重心轉為創作，用文字餵養了一頭小恐龍、一隻耳朵短短的兔子、一隻老狐狸和五隻小狐狸……。

作品包含繪本「短耳兔」系列、《騎著恐龍去上學》；橋梁書《狐說八道》系列、《大熊醫生粉絲團》，童話《妖怪森林》等，其中多本作品曾獲文建會「臺灣兒童文學一百」推薦、好書大家讀年度最佳少年兒童讀物獎，並授權中國、日本、韓國、美國、法國、俄羅斯等國出版。

天下第一貓

林世仁

圖／李憶婷

我作了一個惡夢，被流星打到肚子！

我睜開眼睛。

哦，不是流星，是天天貓。

牠就坐在我的肚子上。

「醒啦？」牠笑得很賊。

「沒有。」我沒好氣的說。幹嘛坐在我肚子上啊？

我伸伸懶腰，假裝還想再睡。

天天貓舔舔爪子，抓抓耳朵，抓抓肚子——

「哇——！」我大叫一聲，跳起來。「你幹嘛抓我肚子？」

「很好，這一下，你真的醒了。」天天貓看看爪子，很滿意，一翻身跳下床。

「走吧！」

走？又要走去哪？

牠走到門邊，回頭看著我。

那眼睛裡一定有催眠電波。

我發現自己不知不覺走下床，跟過去，連睡衣都忘了換。

才剛走出大門，我就聽到一個怪聲音直直向我衝來。

「哪來的睡衣貓？」一隻大黑貓說。

我低頭看看身上的睡衣。嘿，不是在說我吧？

「沒事，他是我表弟。」天天貓說，聲音有些不一樣。

表弟？我？我怎麼可能是你表弟？

我瞪向天天貓，「你在說什麼？喵！」

喵？老天！我——我變成了貓？

天天貓也變了——變得更年輕！身上還多了四朵黃色小花斑。

「他也要參加比賽？」大黑貓狐疑的看著我。

天天貓點點頭。

「那就一起來吧，我們得趕快，遲到就等於棄權！」大黑貓說。

「比賽我可不會輸給你！」天天貓一溜煙就往前衝。

我和大黑貓趕緊跟上。

比賽？什麼比賽？我腦袋裡冒出一個大問號。

天天貓攀上圍牆，跳上屋頂。

我停在牆角，抬頭，往上看。牆好高哇！

「你不會是第一次跳牆吧？」大黑貓靠過來。我以為牠要咬我，嚇得大叫一聲，一下就蹦上了牆。

咦，這麼簡單？我正得意，大黑貓又從後頭跟過來，我有些害怕，往前一衝……哇，我的手腳怎麼這麼輕盈？這麼俐落？簡直就是武俠片裡的輕功高手嘛！

我很快就追上了天天貓，牠瞪我一眼，好像在罵我慢得像烏龜。

我們從這棟屋子跳到那棟屋子，飛啊——撲啊——蹦啊——跳啊……哇，把屋子踩在腳掌下的感覺真是太美妙了！

沒多久，前頭出現一長串屋頂上的貓，後頭幾隻回過頭。

「哈，大黑最後一個到！」「原來是在等天天貓！」「大黑，你再晚一點就趕不上了喔！」……聽起來，那些貓咪都很喜歡大黑，還很奇怪牠幹嘛要等天天貓。

「好兄弟當然要等好兄弟！」大黑帥氣的說：「大家都到齊，比賽才公平。」

我們緊緊跟上，大黑墊後跟著我。嘿，不會是想監視我吧？

貓群穿過村子，跳下地面，經過一座幼兒園，奔上一座小山。

「啊！是我小時候讀的幼兒園！」那座山，是龜山！我小時候經常跟朋友一塊兒結伴去探險，我們都相信山上有老虎呢。

我有點緊張。「我怎麼又回到小時候了？」難不成我小時候虐待過貓，現在要回來贖罪？

「不是你小時候，」天天貓轉過頭，假裝催我，悄聲在我耳邊說：「是我小時候！」

「你小時候？」我更糊塗了。

天天貓露出一個我沒見過的表情，聲音更小了：「我需要你幫忙。」

幫忙？我沒聽錯吧？

天天貓又對我眨眨眼。「不管我做什麼，都希望你能合作。」

貓群停在一個我熟悉的地方，山腰處的開闊平地。

所有貓圍成一圈，張嘴往天上「喵嗚！喵嗚！」唱起歌。

唱到高興，大家還同時側轉身，肩搭肩，跳起舞。

天天貓要我搭著牠的肩膀，照著做。「喵嗚！喵嗚！」還好舞步不難，不然我鐵定學不來。

不久，風聲變成了貓咪聲，「喵嗚！喵嗚！」，連樹木都好像要開口學貓咪叫了……

「喵嗚！喵嗚！」貓咪舞跳得我頭昏眼花，弦月都看成了滿月。終於，隊伍慢慢停下來。

「好了，轉過來了。」大黑說。

「什麼轉過來了？」我悄聲問天天貓。

「世界啊。」天天貓也悄聲回答我：「我們已經把『人的世界』轉成了『貓的世界』。」

貓的世界？我左看右看，有什麼不同

嗎？樹還是樹，山還是山，月還是——等一等，弦月怎麼真的變成了滿月？

「在這裡，月亮天天都是滿月，」天天貓說：「因為我們喜歡滿月。」

大黑雙手一合十，大家都安靜下來。

月光下，一個女孩悄悄從遠處走來。

咦，好臉熟！是誰呢？我努力瞧了瞧，忍不住在心底驚呼一聲：「是瘋婆婆！」我們在村子口玩耍時，常常看到她自言自語的指著空氣說話。她怎麼這麼年輕？看起來還像一位小公主？

「女巫公主好！」所有貓都向女孩一鞠躬。

「大家好！辛苦大家來，真不好意思。」女巫公主的聲音真好聽，一點不像瘋婆婆那麼沙啞。

她一一看過我們，還對我笑了一下。「那麼，我們就開始吧。我很好奇誰是我的天下第一貓喲！」

所有貓咪都把鬍鬚翹起來，有些還翹起尾巴，興奮得直打顫。

我明白了！所有貓都是來競爭當女巫貓的。牠們都希望自己是那隻能坐上掃帚的貓！

「怎麼也有花貓、白貓？」我很

好奇，「不是只有黑貓才能當女巫貓嗎？」

天天貓瞅了我一眼，「顏色歧視！我們早就進步了好不好！」

好好好，我無知。那——這麼多貓，要怎麼選？

女巫公主立刻解決了我的疑問。「準備好

了嗎？我要來看誰抓的魚多嘍！」

所有貓都點點頭。

「好——魚來嘍！」女巫公主魔棒一點，空中忽然下起流星雨。

哦，不，是流星魚！

一隻隻魚從天邊飛過，所有貓都跳起來，往天空撲去——

老天，牠們是在飛還是在變戲法？怎麼全在空中翻騰？像鳥一樣。

「啪！啪！拍！」天天貓好厲害，左一掌，右一掌，「啪！啪！拍！」打落好多隻魚。大黑也好厲害，左掌右掌，流星魚一隻一隻落下來……

落下來的魚，各自在地上疊成不同小山。哇，這魔法也太強大了。

「你怎麼都不動？」女巫公主看著我笑。「那麼，你來幫忙數吧！」

什麼？我變小助手了？

流星魚一消失，大家都落回地面，站在自己的魚堆前。一對對小耳朵全擠成小漏斗，轉向我這邊。

小小堆的根本不必數！我仔細看了一下，只有三堆看起來差不多大。我走過去，一堆一堆數。

「97、98、99！」第一堆數完，一隻白眉貓笑起來。

「99、100、101——102！」第二堆數完，大黑挺起胸，白眉貓垂下頭。

最後一堆是天天貓的。我一邊數，心裡一邊怦怦跳。天天貓要我幫忙，不會是要我幫忙作弊吧？

「98、99、100、101——」少一隻，糟糕，我要撒謊多報嗎？

我好緊張，聲音都開始發抖。心的兩端不斷在拔河，我該怎麼做？合作——合作需要作弊嗎？

「101——」我往後退了一步，低下頭，不敢看天天貓。「——隻。」

天天貓，我對不起你！我沒幫到你。我——我不敢作弊呀！

「第一關，大黑得第一！」女巫公主的聲音響了起來，頓一下，又說：「天天貓、白眉貓也進入複賽。第二關，請你們三個拿出看家本領。」

什麼嘛！原來只是第一關？害我那麼自責！看來是過三關比賽。

「第二關考平衡感，」女巫公主說：「誰能維持不動誰就贏，請準備。」

大黑選中一棵苦楝樹，天天貓選中金龜樹，白眉貓選的是小樟樹。

女巫公主揮起魔棒，三棵樹一下騰空、平躺下來。三隻貓坐上去。

「哎呀，我忘了金龜樹的樹幹這麼凹凸不平！」天天貓坐得有些不穩。

「沒關係，我個兒大，爪子長，我跟你換。」大黑豪氣的說。

「那怎麼好意思？」天天貓說。

「來吧！」大黑跳下來，立刻和天天貓交換。「你看——沒問題！」

我開始佩服大黑了！這麼義氣，我小時候都比不上呢。

女巫公主一喊：「開始！」三棵樹立刻像瘋馬一樣，在空中蹦跳起來。

三隻貓四肢挺立，緊抓樹幹，像「撲滿貓」一樣，一動不動。

三棵樹在空中飛旋起來，三隻貓臉上都努力擠出微笑。

「哎呀！」白眉貓一個重心不穩，摔了下來。

大黑和天天貓仍然文風不動。忽然，金龜樹的樹洞中竄出一隻老鼠，四肢亂抓，眼看就快掉下去！大黑往前一撲、右掌一撈——

「哎呀！」牠大叫一聲，發現自己動了。

耶，天天貓贏了！

「恭喜！恭喜！」所有貓都上前道賀。大黑也熱情拍手，還笑自己太容易分心。

「大黑、天天貓各得一分，進入決賽！」女巫公主很高興，「最後一關，你們兩個一塊兒坐上我的掃帚，看誰能取來玉山上的玉山杜鵑。你也去！當小裁判，幫我看誰贏了。」

我？女巫公主竟然指定我？太奇怪了。

於是，掃帚上，按照體重，天天貓坐前面，我坐中間，大黑坐後面。

「出發！」

咻——！風景快速動起來。哇，好刺激啊！好像坐在流星上。怪不得大家都想當掃帚貓。

掃帚咻咻飛，不一會兒就飛到了玉山上。

「玉山杜鵑在哪呢？」大家找哇找。

「啊，在那！」天天貓手一指，身一彎，掃帚一下急轉彎。我感到一隻腳踹到我，「哎呀！」我沒坐穩，立刻往下掉——我還沒來得及喊救命，大黑已經跳下來，一把抓住我。

「你沒事吧？」大黑抱著我。

「沒——沒事。」我驚訝的看著牠。我們怎麼沒有繼續往下掉？

「我第一眼看到你，就知道你不是魔法貓。」大黑笑笑說，尾巴一點，輕輕落到地上。「真不知道天天貓幹嘛帶你來？想跟你們這些平凡貓炫耀嗎？」

我好感動。大黑為了我跳下來？天天貓呢？我抬起頭——根本沒有牠的影子。

「大黑，你快趕上去，你還要去找玉山杜鵑！」我著急的說。

大黑倒是一派輕鬆。「來不及了，天天貓大概已經找到了吧。」

「大黑！」我看著眼前這隻大黑貓，忍不住脫口而出：「你——你是大英雄！」

「英雄？哈哈，是嗎？你是第一個叫我英雄的喔！」大黑挺起胸膛，好像很高興。

「對不起，我害你失去機會。」我差點想哭。

「沒關係，當不成女巫貓，當英雄貓也很不錯呀！」大黑哈哈大笑。

「原來你們在這裡！害我找了好久。」天天貓坐著掃帚飛下來，牠的手裡拿著一朵玉山杜鵑。

就這樣，天天貓當上了女巫貓。

等所有貓都離開後，我瞪著天天貓，「你一定很開心吧！」

「當然，非常開心。謝謝你幫我的忙。」天天貓說。

「幫忙？哪有？我沒有幫你。」我有些生氣，我記得那一腳是天天貓踢我的。

「不，你幫了我一個大忙。」天天貓說：「其實，金龜樹裡的老鼠也是我偷偷藏進去的。」

「什麼？你這隻大壞貓！人家大黑一直把你當成好朋友！」我真的生氣了！

「對，大黑一直把我當成好朋友，所以我才需要你來幫忙。謝謝你，我們合作愉快。」

「呸呸，壞貓！我才沒有跟你合作。都是你在耍壞心眼！」

「對對，都是我在耍壞心眼。」天天貓說著嘆了一口長長的氣，抬頭看著天空。「從那天以後，我再也沒有見過大黑。」

我抬起頭，發現月亮又變回弦月了。

「我不敢去找他。只要一想起他，我心裡的壞心眼就狠狠咬著我。」天天貓不知何時又

變回了現在的模樣。「這麼多年，這個壞心眼一直跟著我，天天在咬我。謝謝你來幫我，幫我謝謝大黑，幫我說出我心底想對他說又不敢說的話。」

天天貓的聲音低了下去，好像悄悄在對誰說話。「在我心底，大黑一直都是——都是——英雄。」

我好想罵天天貓，又一時說不出口。

都這麼多年過去了，大黑原諒了天天貓嗎？我不知道。我只看到天天貓又緩緩呼了口氣，好像把心中什麼看不見的東西，悄悄吐了出去。

作者說

關於〈天下第一貓〉

做了錯事誰知道？天知道，地知道，我們的心也知道！就算嘴巴沒有認錯，心也會永遠記得。道歉，有時候比做錯事情還需要勇氣。這篇故事講的就是一個「遲來的道歉」——不管事情過去多久，心都會想說一聲對不起。

超馬童話作家 林世仁

文化大學藝術研究所碩士，專職童書作家。作品有童話《不可思議先生故事集》、《小麻煩》、《流星沒有耳朵》、《字的童話》系列；童詩《誰在床下養了一朵雲？》、《古靈精怪動物園》、《字的小詩》系列、圖象詩《文字森林海》；《我的故宮欣賞書》等五十餘冊。曾獲金鼎獎、國語日報牧笛獎童話首獎、好書大家讀年度最佳少年兒童讀物獎，第四屆華文朗讀節焦點作家。

最扯的故事：當老虎和狐狸在一起

王家珍
圖／陳昕

仲夏傍晚，夕陽從兩座山峰之間緩慢接近地平線，光怪森林動物們都翹首凝視。當夕陽碰觸地平線，天空和大地染得一片紅火，一個影子從金碧輝煌的夕陽竄出來，跑向光怪森林，是一隻鮮豔的紅狐狸！

夕陽隱沒，天地慢慢變暗，狐狸搖擺著蓬鬆大尾巴，跑進怪石堆，消失蹤影。那天夜晚，光怪森林動物們都夢見絢麗的夕陽、晚霞和那隻耀眼的狐狸。從第二天清晨開始，狐狸就成為光怪森林居民目光的焦點。

樹懶掛在樹枝上，看見狐狸在底下獵兔子，嘿！好豔麗的紅狐狸；黑猩猩坐在樹枝上大啖美味樹葉，瞧見狐狸被大黑熊追著跑，

哇！好燦爛的紅狐狸；狼獾在樹幹上磨蹭背上的癢處，看見狐狸突襲一大群鵪鶉，噢！好耀眼的紅狐狸；猴子家族在大樹上聊天，遠遠看到豹子狂追狐狸，啊！好璀璨的紅狐狸。

大蟒蛇正要偷襲小鹿，狐狸從附近經過，

大蟒蛇被他勾走視線，一轉眼，小鹿就開溜了。都是愛現鬼狐狸的錯，大蟒蛇氣急敗壞，張嘴吐舌追著狐狸跑，狐狸嚇得沒命奔逃。

黑豹露出尖銳利牙、盯著狒狒和剛出生的小狒狒，眼角瞄到狐狸在後方怪石堆捕老鼠，當黑豹看到老鼠從狐狸爪子邊溜走，想起剛剛還在自己嘴邊、美味的狒狒母子，一回頭，早就不見狒狒蹤影。都是愛現鬼狐狸惹的禍，黑豹鎖定狐狸追了許多天，把狐狸累得半死。

不管在哪一座森林，長得顯眼受注目並非好事。

夏至那天，晴空萬里，豔陽高照，中午時分，雷神啟動暴雨按鈕，濃厚的烏雲瞬間聚合，大地昏暗漆黑，豪大雨伴隨著閃電傾盆而下，光怪森林動物們俯伏在地、躲進洞穴、或是鑽進樹洞。

大雨滂沱，黝黑的天空接著東邊那座黯黑的山峰，一條落魄可憐的灰影子，從東邊那一大片黑暗走出來，走向光怪森林。光怪森林的動物們彷彿瞄到了一個灰影子，穿過一大叢野黑莓，眨眨眼睛仔細再看，影子卻消失了。

那天晚上，光怪森林的動物們都夢到那場惱人的暴雨和那條灰濛濛的影子，他們愈是睜大眼睛想看清楚，影子就愈模糊。從第二天清晨開始，灰影子就成為光怪森林動物們的噩夢。

野豬一家圍著一大叢草莓吃個不停，看見一條灰影子在旁邊晃動，他們不知道灰影子是什麼，沒有警覺，一轉眼，最肥的小野豬就被灰影子拖走，野豬父母嚇壞了，吆喝著倖存的小野豬，逃得像一列高速火車。

樹懶肚子痛想大便，爬下樹，晃過灰影子面前，對灰影子視若無睹，毫無防備，灰影子雖然已經吃得肚子都鼓起來，還是把樹懶敲昏，拖回巢穴去。食物就在眼前，不餓也要捉，不吃是白癡。

秋分清晨，狐狸一早醒來，肚子餓得咕嚕叫，才踏出怪石堆，遠遠看到草叢裡有幾隻野兔，他蹲低身體潛行過去，野兔老早看到耀眼的紅狐狸，快速躲入草叢，不見蹤影。接著是野鶴、狐獴、山雞和落單的小猴子……全都脫逃成功。

狐狸捉不到食物，餓得前胸貼後背，他望見山坡上有一隻小鹿在吃草，一個高壯的、灰濛濛的影子靠近，輕鬆撂倒小鹿。

這是怎麼一回事？灰影子是什麼怪獸？天氣晴朗，萬物一片清明，唯獨灰影子模模糊糊，好像罩著一層濃霧？

灰影子把小鹿吃得一乾二淨，走進灌木叢，狐狸偷偷摸摸跟蹤他，灰影子突然停下腳步警告狐狸：「滾開！要不是我吃太飽，你就完蛋了。」

狐狸問：「你施了什麼魔法？還是穿了隱形斗篷？為什麼小鹿完全沒有抵抗，乖乖讓你吃掉？你是妖怪嗎？」

灰影子不耐煩，大叫一聲：「吼！」

光怪森林被震動了，是老虎！是恐怖的老虎！

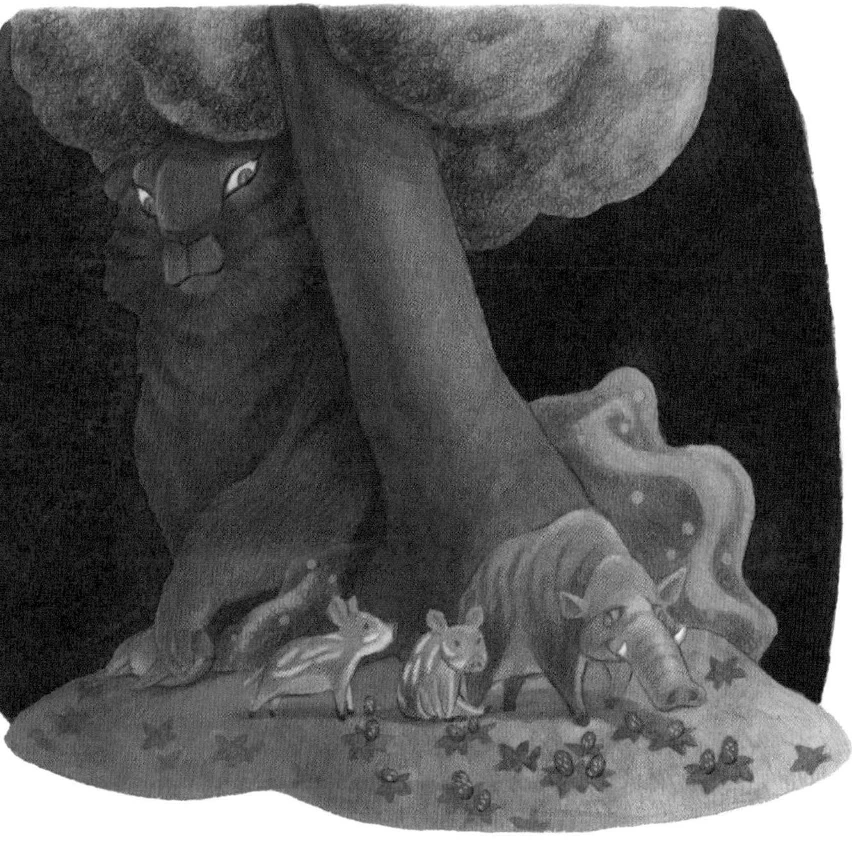

狐狸嚇得半死，奮力爬上旁邊的大樹，灰影子在樹下跳了幾次，因為肚子裡裝滿鹿肉，害他跳不上樹，只好趴在樹下等候。狐狸穩穩躲在大樹枝椏間，只要

老虎爬上樹，他就往下跳。

「我來到光怪森林那天，打雷下暴雨，整個森林灰濛濛，我就像被施了詛咒，大家都對我視若無睹，把我當空氣，真可惡。只有你看得到我，還敢跟我說話，或許你才是妖怪。」老虎邊說邊打了飽嗝。

光怪森林有詛咒？狐狸回想來到光怪森林以後發生的事，無論他怎麼大力追捕，獵食行動十次有九次失敗；不管他怎麼小心隱藏，那些凶惡的大傢伙總是追著他跑。白天一睜開眼，就被迫扮演「老鷹捉小雞」裡的小雞，奔跑逃竄，晚歸的時候還得和夜行動物玩「捉迷藏」。

光怪森林真的有詛咒，把狐狸變得鮮豔無比，大家都盯著他；把老虎變得灰濛濛，誰也看不清楚他是誰。

「這些動物真是瞎了眼，竟然對我視而不見！竟然敢藐視我！」驕傲的老虎嚥不下這口氣。

狐狸說：「不怪他們。你現在只是一團灰濛濛的影子，誰都看不見你，要不是你大吼一聲，我也不知道你是老虎。大家看不見你才好，愛吃哪個就吃哪個，你真是『虎』在福中不知福。」

「我是灰濛濛的影子？大家都看不見我？你胡說八道，我長得神氣又威風，黃黑條紋超醒目，怎麼可能灰濛濛？」

老虎生氣了。

「你不要出聲，大搖大擺在森林裡繞一圈，看看有沒有誰看得見你，被你嚇得四散奔逃！」狐狸好大膽子，敢挑戰老虎。

雖然老虎自視天下無敵，天不怕地不怕，平時還是儘量走在森林的陰影裡，這是天性。現在，為了測試狐狸的話，老虎撇下狐狸，大搖大擺漫步在森林小徑，他還故意擦過爬藤、掃過灌木，小動物們聽見聲音、回過頭來、看見灰影子，雖然臉上表情很疑惑，但他們不害怕，也沒有逃跑。

狐狸說的話千真萬確！光怪森林有詛咒，把穿著斑斕黃黑條紋毛皮大衣的老虎，變成灰濛濛的影子，誰都看不清楚他。

老虎繞回樹下，狐狸早就溜之大吉，老虎冷笑一聲，在森林裡繼續閒晃，沒多久就逮到狐狸，他身上那過分鮮艷的紅，就像黑夜裡的紅月亮，無論躲在哪裡都會被看見。

老虎有個奇妙的點子，他命令狐狸乖乖合作，還要狐狸走在前面、自己跟在後面，看看會發生什麼事？

狐狸暗地裡叫苦連天，為了活命，他不敢違逆老虎，冒著生命危險走在虎口前面，愈走愈快。大蟒蛇看到狐狸從樹下跑過，探出身子發動攻擊，沒想到狐狸身後竄出一條灰影子，猛力一跳、張嘴咬住大蟒蛇要害，大蟒蛇扭動一陣子就癱軟在地，變成老虎的午餐。狐狸撿起老虎丟給他的一小截蛇尾巴，稀里嘩啦吃下肚。

野狼看到囂張的狐狸飛奔過他們的地盤，呼朋引伴圍擊狐狸，一條灰影子從狐狸身後飛出來，把幾隻野狼打趴在地，最弱小那隻野狼變成老虎的晚餐，狐狸分到一條野狼大腿，吃得好飽。

老虎讓狐狸走在他前面，小動物看到耀眼的狐狸，嚇得四處奔逃，讓老虎想起自己身為老虎的光榮時刻。兇猛的動物看到狐狸大搖大擺闖入他們的地盤，非常生氣，

追擊狐狸，老虎便出奇不意跳上去發動攻擊，再難搞的動物都可以手到擒來。

老虎很滿意測試的結果，規定狐狸當他的同伴，兩個互助合作，走在一起。嘗到甜頭的狐狸，不敢也不想拒絕老虎的提議。虎口下的生活雖然危險，沒有選擇時也只能乖乖接受。

這樣的日子過了一年，老虎和狐狸互助合作，走在一起，獵食在一起，也生活在一起。

一天又一天，他們的關係起了微妙的變化。狐狸覺得背後有老虎當靠山很不賴；老虎也很享受狐狸在前面開道的威風感覺。他倆

各取所需，慢慢習慣彼此的陪伴，漸漸變成好朋友。

第二年大暑時節，驕陽似火，野火侵襲光怪森林，動物四散奔逃，狐狸很機靈、老虎很聰明，他倆判斷風向和火勢，先跳進鱷魚溪把身體弄濕，再沿著溪畔往東走，遠離大火威脅。

老虎和狐狸互助合作，越過大黑山頭，離開光怪森林地界，進入陸離森林的時候，正是日正當中、陽光燦爛。

他倆不知道一離開光怪森林，詛咒就失效了。老虎不再只是模糊的灰影子，狐狸的紅皮毛也不再醒目吸睛。他們按照原來的默契，一前一後在陸離森林大剌剌跑著，還不時開心交談。

狐狸和老虎跑過臭鼬家族時，狐狸高抬著下巴，滿臉得意的跑在老虎前，還大聲吆喝：「快跟上！」老虎覺得臭鼬很臭，低頭瞄了一眼後便加速離去。臭鼬家族不敢相信眼睛所見，全都瞪大眼、張大嘴，僵立在原地。

狐狸說：「臭鼬家族盯著我，好像很崇拜我，把我當偶像。」

老虎說：「臭鼬家族好像看得見我，被我嚇呆了。」

狐狸回頭看了一眼，哇！好大一隻老虎。狐狸嚇了好大一跳，腳步踉蹌，差點摔倒。

老虎說：「你該不會是被我迷暈了吧？別發楞，快跑。」

躲在黑暗處、藏在陰影裡的動物們，看著又小又醜的狐狸，搖著小屁股、晃著蓬鬆大尾巴，大刺刺跑在老虎前頭；而高大雄壯、

毛色鮮亮的大老虎，卻低垂著頭，乖乖跟在狐狸屁股後面跑。

動物們覺得不可思議：狐狸是狐仙還是妖怪？為什麼老虎不吃他，還願意當他的跟班？

黃昏的時候，狐狸和老虎找到大石頭和荊棘叢之間的乾燥空地，一左一右趴下來休息，狐狸有點不安，乾咳了幾下。

老虎閉著眼睛說：「放心，我再餓都不會吃朋友，有嚴重狐臭的朋友更是無法入口。」

狐狸想說些什麼話回嗆老虎，想了老半天，想起一首歌，便唱了起來：「當我們同在一起，在一起，在一起……。」

樹上有隻烏鴉，一路偷聽他們的對話，覺得很有意思，把聽到的片段，東拼西湊、加油添醋，編成故事到處宣傳。不久之後，有個「狐假虎威」的故事，從陸離森林流傳到光怪森林，聽過的動物都搖搖頭說：「胡說八道，這是我聽過最扯的故事！」

作者說

關於〈最扯的故事：當老虎和狐狸在一起〉

從小，我就有神奇的超能力——隱身術。上有優秀哥哥，下有可愛妹妹和弟弟，內向害羞又表現普通的我，像故事裡的老虎，不被看見。遇見那隻眾所矚目、老是露出尾巴的狐狸，我才明白「不被看見」的幸福——可以自由自在做自己想做的事，不必擔心成為箭靶。

當隱形的老虎與耀眼的狐狸相遇，搭起友誼的橋梁，截長補短合作在一起，給「狐假虎威」這個故事增添幾分可信度。我們老虎才沒那麼容易被狐狸騙，除非……看過故事你就知道。

超馬童話作家 王家珍

出生於澎湖馬公。擔任過兒童讀物編輯和老師，不管正職為何，都認定創作童話為畢生職志。

創作童話滿三十年，出版過十八本書，排隊等出版的不只十八本。創作風格為正經八百搭配搞笑耍壞、黑色諷刺摻合溫馨感人，小孩適讀，大人看了會拍案叫絕。

老人與海與貓

王淑芬

圖／蔡豫寧

老人已經八十天沒有捕到魚了，漁村裡的人都說：「桑提啊，一天沒捕到魚是家常便飯，兩天沒捕到魚是小事一樁，三天沒捕到魚是運氣不好。但是連續八十天捕不到魚，那就該把這件事寫成鬼故事，至少也該請記者來採訪。」

其實老人打過電話給電視臺，想請新聞記者來報導，希望會有善良的魚看到新聞很感動，自動游過來讓他捕捉。但是新聞臺記者說：「八十天沒捕到魚算什麼，我已經一百天沒買到會甜的檸檬了，全是酸的，比你還倒楣！」

第八十一天，老人只好繼續坐上他的小船，慢慢划到海中央，在漁網裡放幾片香噴噴的肉乾，試試能不能讓魚游進網裡，嚼肉乾嚼到忘了游開，嚼到他可以慢慢將魚兒們捕上來。老人已經老了，動作比較慢。

「什麼嘛，說這些多傷心。」老人不但老，動作慢，還喜歡自言自語。因為茫茫大海上，一個人與一艘小船，很孤單，他只能跟自己說話。於是，他對自己說：「想當年，我一天可以捉到一大桶魚，賺錢買一堆肉乾，吃都吃不完。」

其實當年買的肉乾早就吃光了，只剩一包。幸好老人牙齒也快掉光，嚼不動硬邦邦的肉乾，這包肉乾用來當魚餌正好。

「又是孤單、又是牙齒掉光、又是肉乾吃光光。這是一個可憐兮兮的童話嗎？」忽然，老人聽見不遠處傳來一個聲音。

老人努力張大眼睛，大聲問：「是誰？」

「喂，小聲點。」那個聲音愈來愈近，老人一看，原來是一隻貓，划著小船向他靠近。「魚都被你嚇跑了。」

老人瞪貓一眼：「你是來跟我搶魚的？」

貓放下槳，跳到老人的船上來，搖頭說：「你沒有讀過貓咪百科全書吧？貓並不特別愛吃魚，比較愛吃雞肉。」

「我沒有雞肉。」老人拿出一條肉乾遞給貓。「這是牛肉乾。」

貓嘆了一口氣：「請我吃肉乾？唉，看來我只好報恩了。」

這是貓咪界的規矩，只要有人對貓好，貓就必須回報，俗稱「貓的報恩」。

陽光有點強，老人瞇著眼睛說：「如果你也想捕魚，最好到別的地方去。因為這一帶根本沒有魚，我已經八十一天沒捉到任何一條魚了，連蝦子都沒有，更別提螃蟹、海膽、章魚……」

貓大喊：「停停停，別再提海鮮料理。你說八十一天沒捕到魚，這倒是個好機會。」他從口袋中拿出手機，滑了幾下，然後笑咪咪的對老人說：「恭喜你，我們的運氣來了。」

「怎麼可能？」老人動動手中的漁網，看來，今天又沒捉到魚。

「我是全天下最倒楣的老漁夫。」

貓眉開眼笑的拍拍老人肩膀：「老爺爺，剛才我跟我的美國網友傳訊息，證實一件事：你快要打破世界紀錄了。」

「世界倒楣紀錄嗎？」老人問。

「不是啦。我網友的曾曾曾曾曾祖父，以前的主人名叫海明威，是個作家。他寫過一本十分著名的小說，叫做《老人與海》，開頭就說：老人已經八十四天沒有捕到魚了。」

老人嘆了一口氣：「再過幾天，我也跟書裡的

可憐老人一樣囉。」

「不不不！」貓跳起來。「千萬不可以輸給那個老人。至少要讓你連續八十五天捕不到魚。」

老人也跳起來，差點兒把小船給打翻。「你這隻壞貓，別詛咒我。」

「不不不！你忘了我是來報恩的？」貓連忙解

釋。「只要你能打破原有的世界紀錄，你就成為新的世界冠軍。有個作家已經聲明，他會以新的紀錄為主題，寫一本新的小說。到時候，你便出名，可以上電視接受訪問，拍廣告、代言產品，就有錢了！」

「是這樣嗎？」老人因為年紀大，聽力不太好，貓說了長長一段話，他其實沒聽清楚，只有最後四個字倒是聽懂了。「就有錢了？很好。那我去睡了。」

老人每天下午固定要睡兩個小時。

於是，貓開始寫計畫：

第一：今天起，至少要連續四天，想辦法讓老人絕對捕不到魚。實施辦法：講故事給老人聽，讓他分心。就算有魚進網，他也沒發現。

第二：雖然老人捕不到魚，但卻必須讓他有魚、有肉、有菜，可以吃得飽。實施辦法：去找貓的好朋友幫忙。他有個超級好友，名叫「吃了六頓晚餐的貓」，這位朋友喜歡走來走去，總共有六個人都以為自己是他的主人，會為他準備高級料理。貓想：可以請這位好友將多餘的晚餐打包，送給自己。再把這些料理轉賣出去，換些老爺爺可以吃的東西。

「貓的報恩」一定要做得徹底，《貓咪百科全書》中寫得很清楚：如果沒有報恩，下輩子就會當狗。

其實還有個理由：貓也是獨自一個人，在海上航行八十天。倒不是他沒有朋友，而是他的朋友都不愛出海，他們比較喜歡待在家，看貓貼在部落格的照片，然後對著藍天碧海的照片留言：「太美了」。

貓想：在這個世界上，

要找到一個人，明白自己對海的熱愛是不容易的。

海風吹在臉上的感覺、夕陽在海平面緩緩下降的感覺……這些只有同樣在海上的人才知道。

老爺爺醒了，晃晃手中的漁網，搖搖頭：「看來，今天又落空了。」

貓坐在老爺爺身邊說：「沒關係。現在，我來說故事吧。」

老爺爺說：「應該由我來說，老人通常比較會講故事。從前有個國王……」

但是貓說：「拜託，請讓我來說，我要報恩。」老人想：「也好。」因為老人已經老了，他其實一個故事也說不出來。

貓開始說了：

「從前日本有隻貓，活了一百萬次。」

「騙人。」老爺爺大叫：「貓只能活九次，從小我爺爺就說：九命怪貓。」

貓安撫老爺爺：「現在科技進步，可以活一百萬次，沒問題的。」

「也對。」老人點點頭。

貓繼續說：「還有一隻貓，喜歡穿靴子。」貓說著他從《貓咪百科全書》上讀過的故事，老爺爺聽得入神，一隻好大的魚游進他網子裡，又努力游出去，他都沒發現。

天快黑了，老爺爺與貓約定，第二天、第三天還要來到海上，一起努力合作，創造屬於他們的偉大世界紀錄。

「從前，有隻貓名叫加菲貓。他有個死對頭，名叫凱蒂貓……」

貓說了一個又一個好聽的故事。老爺爺覺得真好聽，比電視上的連續劇還精采。就算不必當什麼世界冠軍，一直聽貓說故事也不錯呢。

「老爺爺，我們來玩猜謎遊戲。」貓怕一直說故事很無聊，還準備了餘興節目。

「熊加貓變成什麼？」

「熊貓。」

「龍加貓變成什麼？」

「龍貓。」

「老鼠加貓變成什麼？」

「躲貓貓！」

一老一貓笑得好開心。

第八十五天了，老人果然還是沒有捉到魚。他們決定第二天就去世界冠軍大會申請他們的新紀錄。那天晚上，老人邀請貓到家裡去。老人取出珍藏多年的相本，說故事給貓聽。

「貓，你看，這是我十歲那年，得到全校跑步冠軍喔。」

「這是我二十歲那一年，得到全市機器舞比賽冠軍。這是我三十歲那一年，得到全公司船隻設計比賽冠軍。」

老人從前還不老的時候，得過不少冠軍。

老人說著說著，對貓說：「我想。明天還是不去申請這個冠軍吧。」

「為什麼？」

「這個冠軍，我不想要。我要的已經有了。」

老人說完，表示他有點累，想睡了。

貓打開門，月光柔和的流進屋內。他轉頭對老人說：「不如，我們繼續改寫這個紀錄，我仍然說故事給你聽，一起合作，讓我們成為永遠捕不到魚的世界冠軍，別人都搶不走。」

老人點點頭，微笑說好。

月光下，貓在老人的腳邊也睡了。

《老人與海》是美國作家海明威寫的小說，大意是老人在八十四天毫無漁獲後，終於有機會征服一條大魚。誰知道將大魚繫在船邊，回漁港的途中，卻被一群鯊魚吃光，只留大魚骨頭跟著老人回家。老人是成功還是失敗呢？（海明威十分愛貓，至少養過二十三隻，家中總是貓兒成群呢！）

作者說

關於〈老人與海與貓〉

讀者應該已經發現，我的這個系列，題目都以一本經典名著來套入。《老人與海》聽起來好孤單，所以我加入一隻體貼的貓，讓冷冽的大海上，因合作而漂著一絲溫暖。

超馬童話作家

王淑芬

王淑芬，臺灣師範大學畢業。曾任小學主任、美術教師。受邀至海內外各地演講，推廣閱讀與教做手工書。已出版「君偉上小學」系列、《我是白痴》、《小偷》、《怪咖教室》、《去問貓巧可》、《一張紙做一本書》等童書與手工書教學、閱讀教學用書五十餘冊。

最喜愛的童話是《愛麗絲漫遊奇境》與《愛麗絲鏡中漫遊》，曾經為它做過好幾本手工立體書。最喜愛書中的一句話是：「我在早餐前就可以相信六件不可思議的事。」這句話完全道出童話就是：充滿好奇與包容。

國家圖書館出版品預行編目 (CIP) 資料

超馬童話大冒險 . 2, 在一起練習曲 / 林世仁等著 ; 右耳等繪 . -- 初版 . -- 新北市 : 字畝文化出版 : 遠足文化發行 , 2019.06
面 ; 公分
ISBN 978-957-8423-93-0(平裝)
863.59 108008691

XBTL0002
超馬童話大冒險2 在一起練習曲

作者｜顏志豪、賴曉珍、亞平、王文華、劉思源、林世仁、王家珍、王淑芬
繪者｜許臺育、陳銘、李憶婷、楊念蓁、右耳、陳昕、蔡豫寧

字畝文化創意有限公司
社　　長｜馮季眉
編　　輯｜戴鈺娟、陳心方、巫佳蓮
特約主編｜陳玫靜
封面設計｜許紘維
內頁設計｜張簡至真

讀書共和國出版集團
社長｜郭重興　發行人｜曾大福
業務平臺總經理｜李雪麗　業務平臺副總經理｜李復民
實體書店暨直營網路書店組｜林詩富、郭文弘、賴佩瑜、王文賓、周宥騰、范光杰
海外通路組｜張鑫峰、林裴瑤　特販組｜陳綺瑩、郭文龍
印務部｜江域平、黃禮賢、李孟儒

出　　版｜字畝文化創意有限公司
發　　行｜遠足文化事業股份有限公司
地　　址｜231 新北市新店區民權路 108-2 號 9 樓
電　　話｜(02)2218-1417
傳　　真｜(02)8667-1065
客服信箱｜service@bookrep.com.tw
網路書店｜www.bookrep.com.tw
團體訂購請洽業務部 (02)2218-1417 分機 1124
法律顧問｜華洋法律事務所　蘇文生律師
印　　製｜中原造像股份有限公司

2019年6月19日　初版一刷　2023年5月　初版六刷　定價：330元
ISBN 978-957-8423-93-0　書號：XBTL0002